KB123996

로크미디어가
유혹하는
재미있는 세상

ROK
MEDIA
로크미디어

다시 사는 재벌가 망나니 18

2022년 5월 19일 초판 1쇄 인쇄
2022년 5월 24일 초판 1쇄 발행

지은이 맹물사탕
발행인 김정수 강준규

기획 이기헌 왕소현 박경무 강민구
책임편집 김홍식
마케팅지원 이원선

발행처 (주)로크미디어
출판등록 2003년 3월 24일
주소 서울시 마포구 성암로 330 DMC첨단산업센터 318호
Tel (02)3273-5135 편집 (070)7860-2726 Fax (02)3273-5134
홈페이지 rokmedia.com E-mail rokmedia@empas.com

값 8,000원

ISBN 979-11-354-7670-9 (18권)
ISBN 979-11-354-9456-7 04810 (세트)

다시 사는 재벌가 망나니

맹물사탕 현대 판타지 장편소설

◇18◇

ROK
MEDIA
로크미디어

Contents

1장

이휘철은 차를 한 모금 마신 뒤, 천천히 잔을 내려놓았다.

"성진이 너는 돈이 무엇이라 생각하느냐?"

"돈…… 말씀입니까?"

그가 입에 담은 돈(Money)에 관한 질문은 무척이나 원론적이고 포괄적이어서, 나는 일순 대답을 망설였다.

이휘철은 내가 당황하는 모습을 보며 짓궂게 웃었다.

"어허, 명색이 사업가란 녀석이 정작 돈이 무엇인지를 모르고 있구나."

"……."

돈이 무엇인지, 그걸 어디에 쓰는지에 대해선 바깥에서 뽀뽀뽀를 보고 있는 이희진도 알 테지만, 그건 이휘철이 바라는 대답이 아닐 것이다.

"하긴, 백 명을 붙잡고 돈이 무엇인지 물어보면 여든 사람은 지갑에 든 종이를 돈이라 말할 것이고, 열여덟 사람은 상품을 교환하는 가치의 척도라 말할 것이다. 남은 두 사람 중 한 사람은 너처럼 입을 다물 것이고, 또 한 사람은 이렇게 말하겠지."

이휘철이 입매를 비틀었다.

"시간."

"······시간, 말씀입니까?"

"그렇다. 시간이다."

이휘철은 자신만만하게 자신을 백 명 중 한 사람의 선각자인 양 말했지만, 한편으론 그 오만하고 자신만만한 태도야말로 이휘철답다고 할 수 있었다.

"즉, 돈이라는 건, 어느 존재에게 부여된 시간이자 가능성이다."

"······."

"네가 알아듣기 쉽게끔 풀어 주자면 은행이 기업에게 대출을 해 주는 것도 실질 그 기업이 가진 미래의 시간, 즉 가능성을 사는 것이지. 은행에 돈을 꾸는 기업 또한 자신의 가능성을 담보로 은행에 돈을 꾸는 것이다."

그 정도야 뭐, 경제에 조금이라도 관심이 있는 중학생 정도라면 알 이야기이긴 한데.

"개인 또한 그와 다르지 않아."

이휘철이 말을 이었다.

"너도 알다시피 노사 간 고용은 기업이 개인에게 요구하는 능력과 가치가 맞아떨어질 때 이루어진다. 기업은 신입사원을 뽑으면서 그 개인이 가진 현재 역량과 가능성을 고려하지."

그것도 당연한 이야기였다.

"그리고 기업에 고용된 개인은 자신이 쌓아 올린 가치, 스스로에게 책정된 몸값을 고용주로부터 받으며 기업이 기대하는 바를 실현한다. 기업에 고용된 개인은 자신의 시간을, 그 가능성의 값어치를 받으며 기업은 그에 대한 대가를 지불한다. 그리고 그건 그 존재가 더 이상 필요 없어질 때까지 이어지지. 그건 달리 말해 그 인간의 시간과 가능성을, 나아가 생명을 구매하는 것이다."

그것도 당연한 이야기……이긴 한데, 후반부 내용은 듣는 사람에 따라선 조금 불편하거나 어리둥절할 수 있는 내용이었다.

"생명이요?"

"그래."

이휘철이 단언했다.

"한 사람이 태어나 죽기까지 벌어들일 수 있는 돈은 정해져 있는 법이다. 그건 생명의 유한함과도 다르지 않아."

이휘철이 피식 웃었다.

"하지만 사람들은 그걸 쉬이 망각하고 있다. 돈이란 개인이 노력하고 아껴 힘쓰면 무한정 쌓이는 것이라 착각한다."

"······."

이휘철은 앉은뱅이 의자의 팔걸이에 얹은 손가락을 툭툭 두드렸다.

"금리와 화폐 가치, 물가를 현대로 치환하여 거칠게 계산하자면 평범한 월급쟁이가 은퇴하기까지 소비하고 벌어들이는 돈의 총합은 얼추 15억가량 되겠구나."

그렇게 말한 이휘철은 가볍게 고개를 까딱였다.

"그건 다시 말해 한 생명의 가치는 15억이란 거겠지. 뭐, 그것도 넉넉잡아 한 계산이지만."

그게 동심 가득한 초등학생 앞에서 할 말인가, 하는 건 차지하고.

"성진아, 언젠가 네게 했던 말을 기억하느냐?"

워낙 많은 말씀을 하셔서 그렇게 물어보시면 잘 모르겠는데요, 하고 대답하고 싶은 걸 참았더니 이휘철의 말이 이어졌다.

"기업을 움직이는 동력."

아, 그거라면.

"욕망······ 말씀인가요?"

전생과 현생을 통틀어 이휘철을 처음 만났던 날, 그는 목업 게임기 두 대를 두고 내게 선택을 종용하며 내 자질을 시험한 바 있었다.

그때 이휘철은 '사탕 가게의 꼬마' 이야기를 하면서 기업의 움직이는 동력은 그가 쓴 책의 교과서적이고 번드르르한 내용이 아닌, '욕망'이라는 날 선 표현을 내게 전했더랬다.

물론 그건 생판 남 앞에서나 공개적인 장소에선 말하기 껄끄러운 내용이고, 공개 석상에서나 책에서 그런 이야기를 했다간 주목도가 높은 이휘철의 입장상 여론의 뭇매를 맞을 소리였다.

'혈육, 아니 후계자 앞에서나 할 수 있는 이야기야.'

그건, 한편으로는 그가 더 이상은 나를 전생처럼 '마냥 아끼고 귀여워해 주던 손주'로 보지 않는단 말이기도 했기에 나로선 그 기대치가 다소 부담스럽기도 했다.

이휘철이 고개를 끄덕였다.

"그래. 기억하고 있구나."

말과는 달리 이휘철은 내 대답에 딱히 흡족해하지 않았는데, 그건 내가 이 몇 년 전의 이야기를 응당 기억하고 소화하고 있으리란 것을 전제로 나를 평가하기 때문이리라.

"그러면 이번엔 이걸 물어보도록 하마. 너는 과연 모든 사람의 목숨에 15억의 가치가 있다고 보느냐?"

사람의 목숨은 돈으로 환산할 수 없습니다!

같은 대답은 이휘철이 바라지도, 나 역시도 동의하지 않는다.

목숨값이란 말이 시쳇말처럼 쓰이는 시대다. 사람의 목숨
엔 값이 매겨지는 것이다.

"개개인에 따라 다르겠지요."

이휘철은 이번엔 내 대답에 흡족해하며 고개를 끄덕였다.

생각해 보면 이런 대답이 초등학생의 입에서 나온다는 것
자체가 끔찍한 일이지만, 나는 그에게 대한민국의 꿈나무 초
등학생이기 이전, 삼광 그룹을 이끌어 나갈 후계자였으니까.

"그래. 생명은 평등하지 않아. 개인에게 주어진 시간이 다
르듯, 타고난 자질도 다르다. 그러니 서울역의 노숙자와 내
목숨의 가치는 동일하지 않다."

발언 수위가 높았지만 이휘철은 자신의 말을 정정하거나
아랑곳하지 않으며 말을 이었다.

"가치의 총합은 어느 선에 고정되어 있다. 돈을 거머쥐었
다는 건 자신의 미래를 대가로 한 도박에서 승리한 것이며,
그만한 다른 사람의 목숨을 짓밟고 섰다는 의미다. 그런 의
미에서 기준점 이상의 부를 누린다는 건 누군가의 미래를 빼
앗고 땅에 섰단 의미다."

이휘철의 발언은 오만함 그 자체였지만, 그 발언은 한편으
로 역설적인 겸손함을 담고 있었다.

내가 봐 온 이휘철은 자신의 욕망에 솔직한 인물이었다.
그 스스로도 인정할 것이다.

하지만 그런 성향이 이휘철로 하여금 자신의 성공을 보장했다는 의미는 아니었다.

그는 인생을 건 '도박'에서 승리하였을 뿐.

즉, 이휘철은 진심으로 어느 이름 모를 노숙자의 목숨과 자신의 목숨을 저울질하는 것 자체가 가능하다고 믿는 부류였지만, 이는 만약 운이 따라 주지 않았다면 누군가의 발아래에 깔리는 건 자신이었을 거란 의미를 담은 이야기이기도 했다.

"누군가가 부하면 누군가는 빈하기 마련. 비만으로 인한 합병증으로 죽어 가는 사람이 있는가 하면, 어디 제3세계에서는 아사하는 사람도 수두룩하다. 그걸 두고 어느 위선자들은 자신이 가진 부를 굶주린 자에게 나눠 주어야 한다고 주장하지만 그건 뭘 모르고 하는 소리에 지나지 않아."

말을 입에 담는 이휘철은 냉소조차 하지 않았다.

"싸구려 동정은 자유지만, 그 값싼 동정에 자신의 생명을 담고자 하지는 않는다. 위선자들의 자기기만은 거기까지가 한계야. 그런 사람에게 만약 제 목숨을 갚아 생판 다른 사람에게 나눠 줄 수 있겠느냐고 물으면 죄다 도망가 버릴 게다. 사람이 쌓은 부라는 건, 그런 것이다."

그 어조는 내용과 달리 오히려 담담할 정도였다.

이휘철이 미소를 지었다.

"그러니 나는 다른 사람의 미래를 빼앗고, 또 이를 거머쥐었던 사람이다. 또, 그들의 피와 살은 오롯이 우리 회사의 자산인 셈이고."

"……."

"내가 손아귀에 거머쥔 건 그런 것이다. 다른 사람의 목숨, 미래, 가능성, 시간. 그렇기에 한편으론 놓을 수 없는 것이지."

그러면서도 이휘철의 이론은 자신조차 배제하지 않는다.

이휘철은 스스로, 자신 역시 '목숨값'에서 자유롭지 않다는 것을 증명해 왔다.

언젠가 한성진이 그의 목숨을 구했을 때, 이휘철은 '고맙다'는 인사에 그치지 않고 '바라는 것이 있다면 뭐든 들어주겠다'고 했다.

만일 그때 한성진이 이휘철이 말한 내용 중 한 가지를 바랐다면, 그는 진정으로 그 소원을 들어주었으리라.

이는 그야말로 이휘철의 사상을 엿볼 수 있는 편린이며, 한 가지 일화였다.

그의 이론에 오롯이 동의하지는 않지만, 그때 이휘철이 덤으로 내게 물었던 '네가 한성진의 입장이라면, 넌 뭐라고 답하겠느냐?'는 질문에 '할아버지요'라는 대답을 듣고서 이휘철이 박장대소를 터뜨린 건 그 사상과 무관하지 않을 것이다.

그는 자신의 목숨값을 잘 아는 인물이었고, 이는 또한 그가 가진 사상과 표리일체하여 자신이 가진 미래 가치보다 더

값어치가 큰 상대에겐 능히 자신의 목숨을 맡길 인물이란 의미이기도 했다.

'아직까진 그럴 만한 인물이 없었을 뿐이겠지.'

하지만 만일, 그가 나를 그런 존재로 보고 있다면?

'속단은 이르지만 나는 그에게 피와 살뿐만이 아니라 사상과 영혼까지 이어받을 존재란 거겠지.'

설령 그렇다고 해도, 마냥 기뻐할 수만은 없는 이야기였다.

오히려 그의 마음에 들면 들수록, 이휘철이 나를 그 입맛에 맞게 제어하고 통제하려는 가능성도 높아질 테니까.

'그런 나도 어느 정도 연기는 하고 있지만…… 그게 이 능구렁이 앞에서 어디까지 통용될지는 장담할 수가 없으니까.'

이휘철이 말을 이었다.

"그런 상황에 가진 걸 모두 잃는 건 손쉽다. 사회에서 말하는 '성실하게 살아가는' 양 같은 부류는 최소한, 미래를 본다. 여기서 그 미래를 보는 눈이 흐리고 어두운지 여부는 중요치 않아. 어쨌건 그들에겐 희망이 있으니까. 그 희망이 있다면 자신을 내려놓지 않는다……. 그런 이야기이지."

그렇게 말하며 이휘철은 차를 후룩 한 모금 마셨다.

아마, 이휘철은 판도라의 상자에서 마지막으로 튀어나온 희망이 최악의 재앙이라 믿는 부류일 것이다.

이휘철이 찻잔을 내려놓았다.

"내가 과거에 얽매인 이들을 경계하는 건 그런 까닭이다."

그의 이론은 생명과 미래, 욕망을 지나 그 가치를 종합해 다시금 이를 인식하는 자신의 타자관을 이야기하는 단계로 돌아왔다.

"과거에 얽매인 이들은 미래를 살피지 않고, 희망을 가지지도 않으며, 타성적이다. 가능성을 재단하는 대신 그때 닥친 상황에 맞춰 척추 반사적으로, 사고(思考)라 부를 것도 없는 생각으로 살아가지. 그건 두 발로 걷고 사람 말을 하는 짐승과 다르지 않다. 그런 짐승은 누군가에겐 도구이며, 칼날이 되기도 한다. 그런 부류는 때때로 다른 사람의 미래를 빼앗지."

"……."

그건 왠지 나를 콕 짚어 이야기하는 것 같았다.

최소한, 전생의 나는 그러했으니까.

"한편 구봉팔은."

그는 아까 전 스치듯 언급했던 구봉팔의 이름을 다시 입에 담았다.

"요즘 조광에서 몸값이 많이 올랐더구나."

"……."

일선에서 물러났다는 양반이 자세히도 아시는군요.

그래서 구봉팔의 몸값이 뭐 어떻단 생각을 하기 전에 이휘철이 쿡 핵심을 찔러 왔다.

"거기에 네가 개입해 있는지 여부는 묻지 않겠다만, 그렇다고 해서 그가 너와 아주 무관한 사람이라고도 하지 않겠다."

"……."

뭐, 그야, 운락정에서 함께했다는 걸 그가 알고 있는 시점에선 이미 발뺌도 못 할 지경이긴 했다.

"다만 구봉팔은 가진 것 없이 과거에 얽매여 살아가는 자였다."

그 이론에 동조하고 아니고를 떠나 구봉팔이 과거에 얽매인 자라는 이휘철의 분석은 정확할 것이다.

내가 아는 바, 구봉팔은 분명 '과거'에 얽매인 인물이었다.

구봉팔은 옛날에 있었던 사건으로 인해 박상대에게 개인적인 원한이 있었고, 그가 내 편이 되어 주었던 것도 어디까지나 박상대를 치겠다는 의사가 합치했던 까닭이었다.

그나저나 과거 시제를 쓰는군. 지금은 아니란 의미인가?

이휘철이 담담하게 말을 이었다.

"그래. 얼마 전까지는 그러했지. 지금은 그렇지 않다."

내 생각을 꿰뚫어 보나?

'하긴, 박상대가 죽고 없어진 지금은 케케묵은 원한도, 오갈 데 없어졌으니까.'

그런 나를 보면서 이휘철이 빙긋 웃었다.

"아니, 최소한 그러하다……고 속단할 수는 없는 단계로 왔다. 여기서 흥미로운 건, 거기에 더해 무언가의 '도구'로 쓰이지 않고 개인으로 주체적인 삶을 살아갈 것처럼 보였기 때문이지."

"……."

이휘철의 분석은 그럴듯했다.

박상대가 죽고 난 뒤, 사실상 구봉팔은 이제 나와 한 팀에 남아 있을 까닭이 없어졌다.

그럼에도 그가 내 곁을 지키고 있는 건, 조광 내에서 그 입지가 변했다는 것과 잇따른 사건에서 조설훈의 보복을 방어하기 위해 그 입지를 굳건하게 만들기 위함일 것이다.

'게다가 세상에 돈 싫어하는 사람은 없잖아? ……음, 딱히 돈 욕심이 있는 사람 같진 않았지만, 아무튼 간에.'

즉, 이유야 어찌 되었건 구봉팔은 더 이상 박상대를 치기 위한 '도구'로서가 아닌, 자신의 의사로 나와 한 팀이 되길 바라고 있단 의미였다.

이휘철이 짓궂은 미소를 지었다.

"게다가 요즘 너도 그 집 손녀딸과 곧잘 어울리는 모양이고 말이다. 구봉팔이 그 조세화라는 계집아이와 사업을 벌인다지?"

이 영감이 왜 이래. 사모도 아니고.

나는 떨떠름한 기색을 감추지 않으며 대답했다.

"……어쩌다 보니 그렇게 되었습니다만, 제가 의도한 바는 아닙니다."

방금 한 말의 일부는 사실이었다.

그러잖아도 내가 조광에 손을 대기 전—아마도 그 출생의 비밀을 알고 있을—조지훈은 이미 조세화에게 사업체 명의 몇몇을 돌리고 있었다.

조지훈에게는 조세화에게 명목상의 지분을 분배하는 것으로 조설훈이 개입할 여지를 차단함과 동시에 조세화의 소유물을 일종의 중립지대로 만들고자 했을 것이다.

그 계략은 도청기가 발각되고 두 형제가 회담을 가질 때도 변하지 않아서, 조지훈은 조세화를 이용해(마침 조세광은 자숙 중이었으니) 그 중립지대의 파이를 키우는 것으로 조설훈이 가진 지분을 쪼갰다.

하지만 조세화는 아직 중학생에 불과했고, 조세화 대신 얼굴마담이 되어 줄 존재가 필요했다.

거기서 언급되기 시작한 것이 그룹 내에 아무런 지지 기반도 없던 구봉팔이었다.

'어째서 구봉팔이었는지는 조지훈이 트로피에 설치해 둔 도청기로 전후맥락을 알게 되었지.'

조설훈은 그때 나를 의식해서 구봉팔을 받아들였다.

나로서는 가슴을 쓸어내릴 만한 발견이었는데, 거기서 나는 조설훈이 나를 은근히 경계하고 있었단 걸 알았던 것이다.

'조설훈은 내가 구봉팔과 인연이 있다는 걸 조사하고 있었어. 나와 구봉팔 사이가 어땠다는 건 조세광을 통해 전해 들

었을 거야.'

그러면서 그는 구봉팔을 챙기는 것과 동시에 나를 감시하에 두겠단 두 마리 토끼를 잡으려 했으리라.

그때는 조설훈의 유능함이 역으로 내게 유리하게 작용했다.

'조인영의 존재까지 알아냈을 줄이야.'

만일 그가 요한의 집 출신이던 조인영이 내 휘하에 있다는 걸 몰랐다면 조설훈의 성격상 내게 좀 더 노골적인 감시를 붙였을지도 모른다.

한편으론 그는 덜 유능했다.

만약 그가 구봉팔과 박상대 사이가 어땠다는 것까지 파고들었더라면 그 복안을 눈치챘겠지만, 그는 내가 요한의 집과 어떻게 인연을 맺게 되었는가를 조사하는 선에서 그쳤다.

'하긴, 몇십 년 전의 일까지 찾아볼 만큼 한가한 사람은 아니지.'

그러니 구봉팔이 버림 패로 쓰이기 위해 부상한 것에는 어느 정도, 내가 의도하지 않았다는 의미에 부합하는 일이었다.

"물론, 거듭 말씀드리지만 조세화에겐 그 어떤 사심도 깃들지 않았고요."

내 단언에도 불구하고 이휘철은 싱글벙글 웃는 얼굴이었다.

"암. 네가 그렇다고 하니, 이 할애비는 믿어야겠지."

"……."

"허허, 녀석. 제법 놀리는 맛이 있구나. 며늘아기의 심정이 이해가 가……. 농은 이쯤 하고."

이휘철이 입가에 걸었던 미소를 조금 거둬들였다.

"네가 의도했건 하지 않았건 간에, 한 사람이 바뀌었다. 어쩌면 너로 인해 구봉팔의 운명이 바뀐 걸지도 모르지."

속이 뜨끔했다.

전생의 구봉팔이 어떤 운명을 맞이했는지는 모르나, 분명 지금과는 달랐을 것이다.

'아마 조세광의 따까리 노릇을 하다가 그 바닥이 그렇듯 소리 소문 없이 사라졌겠지. 무리해서 박상대를 치려다가 역으로 당했을지도 모르고.'

나도 전생의 구봉팔이 어떤 삶을 살았는지 모르지만, 결과만 놓고 보았을 땐 박상대는 건재했으며 정치 거물로 자라 이성진에게 압박을 가하는 존재로 거듭나게 된다.

'……그것도 전생의 대한민국이 어떠했는지를 아는 나이기에 할 수 있는 이야기지만.'

나는 내색하지 않으려 차를 한 모금 마셨다.

"……과언이십니다."

"그래. 과언이다. 사람의 운명이 어떻게 흘러가는지 알지 못하는 이상, 내가 말한 건 무의미하지. 구봉팔과 알게 된 것도 어쩌면 네가 의도한 것이 아닐지 모른다."

이휘철은 담담하게 인정했다.

"하지만 한편으로는 이미 너로 인해 많은 것이 바뀌었다."

그러면서 이휘철은 빙그레 미소를 지었다.

"역사에 가정은 없지만, 재미 삼아 이미 벌어진 결과를 조금 비틀어 생각해 보자꾸나. 자, 우선은 성수대교 건이 있겠군."

이휘철의 입에서 성수대교 이야기가 다시 거론될 줄이야.

이휘철이 미소 띤 얼굴로 말을 이었다.

"물론 당시엔 우리도 필요에 의해 성수대교 부실 공사 건을 물고 늘어졌다. 하지만 만약, 만약에 말이다……. 성수대교가 떠들기 좋아하는 사람들 말처럼 진정 무너져 내렸다면, 그로 인해 누군가는 죽고 다쳤을지 모를 일이지."

"……."

"그뿐만 아니라 현 정부에 대한 여론의 비판과 비난 여론이 이는 것은 물론이고, 그로 인해 서울시장이 사퇴라도 했다면……. 아니, 여기까진 지나친 억측이니 관두자꾸나."

억측이 아닙니다만.

"다음은 삼풍백화점. 이건 진정 무너져 내리고 말았으니 결과 그 자체이다. 하지만 그때 부실 공사 의혹 추궁으로 백화점이 문을 닫지 않았다면, 수많은 인명이 유명을 달리했을지 모를 참사였다."

이휘철은 앉은뱅이 의자 팔걸이를 손가락으로 툭툭 두드

렸다.

"못해도 수백, 어쩌면 수천이 어처구니없이 목숨을 잃을 수 있는 일이었다. 그런 재난은 그 자체로 국민들에게 악영향을 끼친다. 소비 심리가 위축되고 소모적인 책임 공방으로 기업에겐 불필요한 제동과 규제가 생기지. 뭐, 그 역시도 물론, 어쩌면 사전에 붕괴 조짐을 알아낸 백화점 관계자에 의해 방지되었을 수도 있다. 하나, 역사는 삼풍백화점이 무너진 것으로 결과를 남겼어."

"……."

"내가 말하고도 결과에 상황을 끼워 맞춘 느낌이 강하구나. 하면, 비근한 예로 바꿔 볼까."

그렇게 운을 뗀 이휘철은 웃음기를 거두며 담담한 말씨로 말을 이었다.

"만약 네가 집에 AED 기기를 구비해 두지 않았더라면, 나조차도 어떻게 되었을지 모른다."

거기서 나는 조심스럽게 말을 받았다.

"하지만 할아버지, 설령 집에 AED가 없었더라도, 한군이 할아버지를 구해 주었을지도 모르지 않나요?"

한동안 나를 물끄러미 쳐다보던 이휘철이 피식 웃었다.

"녀석……. 뭐, 좋다. 네가 그렇게까지 한군에게 공치사를 넘기겠다면 말리지는 않으마."

조금 어필을 할 걸 그랬나.

"그러면 살린 이야기는 두고, 죽인 이야기를 해 보자꾸나."

그 이야기를 표정 변화 없이 꺼낸다는 것이 이휘철의 무서운 면모였다.

"……박상대 후보의 죽음을 말씀하시려는 거라면, 그 일역시 방금 전 말씀하셨던 대로 지나친 끼워 맞추기가 아닐까요?"

이휘철은 내 말을 부정하지 않았다.

"그래. 끼워 맞추기다. 박상대를 죽인 건 택시 기사였지. 하지만 그 전에."

이휘철이 내 눈을 보았다.

"박상대와 연인 관계였던 정순애를 한국으로 부른 건, 네가 아니더냐?"

"……그건…….."

"아무것도 모를 것이란 생각은 말거라."

"……."

이휘철이 후룩, 차를 한 모금 마셨다.

"최갑철 의원이 너를 운락정으로 부른 건 김기환이란 기자가 중우일보에 실은 기사가 원인이었다. 또한 최갑철 의원은 어렵지 않게 네가 배후에 있다는 것과 김기환의 취재에 도움을 주었다는 걸 알아냈지."

"……."

확실히, 그 부분은 내가 대한민국 국회의원의 힘을 과소평가했던 바람에 벌어진 일이었다.

'전생의 근미래 때면 모를까, 최소한 이 시대엔 먹히고도 남는데도.'

이휘철이 말을 이었다.

"그때는 다행히 내가 사전에 그걸 알아서 최갑철 의원이 행패를 부리는 걸 막을 수 있었지만, 만약 모르고 지나갔다면 너는 그것을 네 아비나 내게 알리지 않고 속만 앓았을 것이야. 저래 보여도 최갑철 의원의 장기는 적을 자신의 편으로 만드는 것이거든."

"……."

그 부분만큼은 입이 열 개라도 할 말이 없었다.

확실히, 나는 이태석이나 이휘철에게 도움을 요청하지 않고 한동안 최갑철에게 끌려다녔을 것이다.

최갑철이라면 선을 넘지 않는 한도에서 나를 도구로 썼을 것이고, 어쩌면 박상대의 선거운동에 다량의 기부금을 냈을지도 모른다.

박상대가 무사히 초선 의원이 되는 꼴을 지켜봤을 거란 건 덤이다.

"사업가가 정치판에 손을 대는 건 조심스러워야 한다. 만일…… 내가 박상대를 쳐야 하는 입장이었더라면 우선 배후에 버티고 선 최갑철 의원을 묶어 두는 일부터 궁리했을 것이야. 하나, 너는 그러지 않았고 최갑철 의원에게 빌미를 주고 말았다. 너답지 않게 순진했구나."

하지 말라는 말씀은 안 하시네.

"그 정도는 아직 미숙하니 그런 것으로 하자. 나도 이따금 깜빡하지만, 너는 아직 중학생도 되지 않은 아이니 말이야, 허허허."

그러면서 지금까지 초등학생 앞에서 하신 말씀은 뭐가 되는데요.

"아무튼."

이휘철이 말을 이었다.

"그리고 검열된 내용은 박상대의 치정과 관련한, 그의 부정함을 꾸짖는 것이었다. 또한 취재를 하며 직접 필리핀으로 건너가는 대신 정 모라는 여인을 한국 땅으로 불러냈지. 그러면서 너는 극단에 몰린 여인이 어떤 선택을 할지 알지 못했다. 그 무지 역시도 네가 아직 어려서 그런 것이야."

……그건 정신연령은 사실 어떻다고 변명할 여지가 없었다.

실제로 내 연애 경력은 전생을 통틀어도 별 볼 일 없었으니까.

"거기서 비극이 생긴 것이다. 아직 언론에 자세히 나온 것은 아니나, 내가 유추하기로."

이휘철은 소리를 죽인 TV를 힐끗 쳐다보았다. 어느새 뉴스 속보가 끝나고 아침 드라마가 방송되고 있었다.

"······자신이 버림받았다고 생각한 그 여인은 박상대를 찾아갔을 것이야. 그를 위해 아이까지 낳았는데도 말이다. 언론이 검열되었으니, 직접 나서는 수밖에 없을 것이라는 얕은 수를, 그것도 감정이 동한 것으로 혼미해진 이성을 끌어안고 그를 찾아갔겠지."

"······."

"박상대가 정 모 여인을 살해한 건 서로가 계획에 없던 일일 것이다."

이휘철은 앉은 자리에서 상황을 논하고 있었지만, 내용이 정확했다.

아니, 최소한 내가 파악하고 있는 것과 비근한 내용이었다.

'······성격이야 어찌 되었건 능력 하난 알아줘야 한단 말이야.'

"여기서부턴 다소 망상의 영역이다."

이휘철이 차를 한 모금 마셨다.

"정 씨를 우발적으로 살해한 박상대는 자신의 과오를 덮기 위해 아는 사람에게 도움을 요청했을 것이야. 그건 아마 뉴스에서 떠들어 대는 조광일 것이고······. 한강에서 발견된 변사체에는 추적을 피하기 위한 훼손이 가해져 있었지?"

나는 모르는 일이라고 발뺌을 할까, 잠시 생각하다가 고개를 끄덕였다.

"예. 제가 아는 바로는요."

여기서 내가 모른다고 하면, 그 자체로 무능하거나 거짓말을 하는 셈이 된다.

이휘철은 담담히 고개를 끄덕였다.

"그래…… . 여기서 '우연히' 발견된 반지와 박상대의 사생아가 한국에 있었단 것이 박상대에겐 악재로 작용했다."

시인하길 잘했군.

이휘철은 사건의 전후 맥락을 잘 파악하고 있었다.

'혹시 도깨비 신문을 보시나?'

하긴, 설령 그렇지 않더라도 이휘철 앞에서 무언가를 감출 생각을 하는 것 자체가 리스크를 떠안는 일이나 마찬가지니까.

이휘철이 말을 이었다.

"박상대의 방식은 유전자 검사 기술이 없던 몇 년 전만 해도 통했을 것이야. 하지만 이젠 시대가 변했지. 박상대의 관운은 한강에서 발견된 변사체의 신원이 밝혀진 때부터 닫히고 말았다."

"…… ."

"궁지에 몰린 박상대는 조설훈에게 더욱 매달렸겠지. 만일 조설훈이 박상대의 부탁을 들어준 것이라면 그 범죄를 알고서 손을 덜어 주기까지 한 것이 되니, 이는 조설훈에게도 응당 부담이 가는 일이다. 그래서 내가 과거에 얽매인 자를 주의하라 이른 것이다."

"……."

"그 와중 박상대의 갑작스러운 죽음은 어느 쪽에서건 예상치 못한 변수였겠지. 하나 박상대가 거기서 유명을 달리하지 않았다고 하더라도, 그는 이미 죽은 것이나 진배없었을 것이야."

조설훈과 조지훈 사이에서 도청된 녹취 기록을 모두 들은 나는 이휘철의 직관에 혀를 내둘렀다.

'뭐, 그렇다고 이휘철은 조설훈이 박상대를 물리적으로 제거하려 했다는 말까진 하지 않았지만 상황이 어찌 되었건 정치인으로서 그 인생은 작살나기도 했고, 조광에겐 이용 가치가 떨어지기는커녕 리스크로만 남았으니까. 그런 의미에선 박상대가 이미 죽은 것이나 다름없다는 쪽으로 해석도 가능해.'

이휘철이 빙긋 웃었다.

"뭐, 재미 삼아 떠든 것이니 개의치 말거라."

그는 주전자를 기울여 차를 따랐다.

"사람이 죽고 사는 건 모두 하늘에 달렸으니, 어처구니없이 목숨을 건지는 일도, 어처구니없이 목숨을 잃는 일도 다 세상사. 인간의 힘으로는 알 수 없는 것들이다."

나 역시도 박상대가 그런 어처구니없는 최후를 맞을 거라곤 짐작조차 못 했다.

이휘철이 찻잔을 들고 나를 물끄러미 쳐다보았다.

"그러면 성진아. 앞으로는 어떻게 될 것 같으냐?"

"……수사 말씀인가요?"

"그런 신변잡기적인 것을 너에게 물어 무엇하리. 그까짓 건 우물가 아낙네들이 떠들고 놀 때나 할 이야기다."

'그러면 방금 전까진 뭔데요' 하고 묻고 싶은 걸 꾹 참았다.

"내가 묻고 싶은 건 어디까지나, 이 모든 일을 가까이서 지켜보고 있던 네가 현 상황에서 무엇을 득할 것이냐는 것뿐이다."

"……"

"그래. 혹여 조세화란 계집아이를 우리 집안에 들여 볼 생각이냐?"

나는 또 웬 농담인가, 생각했으나 이휘철의 그 미소 속에서 눈은 웃고 있질 않았다.

이휘철의 생각은 알 수 없다.

그는 내가 몸소 조광의 분열을 조장한 뒤, 거기서 벌어질 변화 속에서 조세화에게 힘을 실어 주는 것으로 건실한 회사 하나를 꿀꺽할 심산이었다고 생각하는 중일 수도 있었고.

그게 아니더라도 최소한 조광과 맺은 인연을 이어 가며 내게 이득이 되는 방향으로 컨트롤할 생각은 있으리라 넘겨짚은 듯했다.

'그래도 아닌 건 아니지.'

나 스스로가 좋은 놈은 아니라 자평하고 있지만, 그렇다고 나를 향한 어린애의 철없는 연정을 이용해 먹을 만큼 막장인 건 아니다.

'……내겐 한참 이른 이야기이긴 하지만, 그 자체가 딱히 나쁘지 않단 생각인 것도 사실이긴 해. 그래도.'

누군가는 무르다고 여길 수도 있지만 어느 일에서건, 목적을 위한 수단에도 지켜야 할 선은 있기 마련이라고 믿는다.

나는 정중히 입을 뗐다.

"그렇지 않습니다. 다만…… '결과적으로' 현재 상황이 조광에겐 크나큰 변화를 가져올 전조인 것은 분명하다고 생각합니다."

"흐음. '결과적'이라."

이휘철은 내가 의도적으로 힘주어 말한 걸 읊조리며 차를 한 모금 마셨다.

"어쨌거나 네게 그럴 마음이 없다는 건 알겠구나. 하지만…… 여기선 내 생각을 말해 두마."

"예."

"그래도 조세화는 이용 가치가 있다. 어떻게든 그 아이를 네 편으로 만들어 두려무나."

"……예?"

그게 손주한테 할 말인가?

이휘철이 말을 이었다.

"원래라면 조성광 회장의 사후 응당 그 두 아들에게 지분이 넘어갈 것이나, 이제는 그것도 녹록지 않게 되었지. 조설훈의 아들놈이 살인 후 멸구까지 명한 것이 만천하에 드러났으니 사람들은 아비에게 그 책임을 물을 것이야."

이휘철은 끌끌 웃으며 찻잔을 내려놓았다.

"특히 사업을 조성광 회장처럼 해 온 자라면 내부에 속을 끓여 가며 벼르던 이들이 한두 사람이 아닐 터."

남의 집 대들보는 잘 보시는군.

전생에 이휘철의 사후 벌어진 삼광 파벌 다툼을 생각하면 이휘철도 남 말할 처지는 아니라는 게 내 생각이다.

'그나마 그것도 이태석이니 잘 수습했지. 그마저도 이태석이 말년에 쓰러지고 힘을 잃은 뒤엔 무능한 이성진 탓에 사분오열되었으니……'

어느 왕국이건 간에 정통성의 명분이 없는 후계자가 자리를 물려받으면 쉬이 쪼개지기 마련이다.

춘추전국시대의 막을 내리고 중국 대륙을 통일한 진시황조차 그 사후, 곧바로 진나라가 몰락하며 한나라의 시대를 열었다는 걸 생각해 보면 명징하다.

하물며 기업인들 오죽할까.

'……그조차도 이태석이라면 극복해 낼 난관이라고 여기

고 있었다면 모르겠지만, 그렇다 한들 정작 그 손주가 어떤 인물인지까진 고려하지 못했지.'

이휘철은 그런 내 속내의 냉소도 모르고 말을 이어 갔다.

"아마, 지금쯤 조광 그룹은 난리가 났을 것이다. 조설훈이 등을 보였으니, 여기저기서 승냥이 떼가 덤벼들기 시작하겠지."

"승냥이 떼요?"

"그렇다."

이휘철이 고개를 끄덕였다.

"너도 알까 모르겠지만, 조광은 그간 공격적인 인수 합병을 통해 그 덩치를 키워 왔다."

음. 그건 정말로 '공격적'이었다지.

"그들은 조성광 회장이 건재할 때는 그 눈치를 살펴 나서지 못했으나, 그 역량이 제 아비에 미치지 못하는 조설훈이라면 큰소리를 칠 수 있으리라 생각하겠지. 그뿐이랴? 지금 조설훈에겐 커다란 리스크가 가해져 있으니 시끄럽게 짖어 댈 것이다. 물론 그렇다 하여 대놓고 척을 지지는 못할 것이니, 여기서 조세화라는 아이가 반사이익을 얻을 것이야."

이휘철이 분석한 조광은 미래를 알고 있는 내가 분석한 바와 흐름이 유사했다.

'……그나저나, 이휘철은 조세화가 조성광의 세 번째 상속자가 될 예정인 걸 알고 있을까?'

내 경우는 그걸 알고서 덤벼든 것이지만, 이휘철은 그런 것을 고려하지 않더라도 조광이 내부 분열로 쪼개지면서 조세화가 신흥 세력으로 등극하리란 것을 예측하는 모양이었다.

"마침 명분도 생겼지. 지금 그들에겐 조성광 회장의 오른팔이라고 하는 구봉팔이 있으니 말이다. 어디, 자신의 아들도 믿지 못해 맡기지 못할 일을 도맡아 해 온 충신이 있는데, 그걸 어찌 두둔하지 않을 수 있겠느냐? 해서, 조설훈은 지금 대마가 먹히고 말았다. 여기서 그나마 대마불사를 논하려거든 형제 싸움을 접고 한 팀이 되어야 할 것인데……."

이휘철이 씩 웃었다.

"지금이 농경 사회도 아니고, 머릿수로 전쟁을 하던 시대는 더더욱 아닐지니, 결국 형제란 적을수록 좋은 것이다. 네게 삼촌이나 고모가 없는 것도 그러한 까닭이니라."

뭐…… 그건 바로 옆 동네인 금일 그룹을 보면 알 수 있는 일이긴 하지.

'원래라면 이성진의 당숙들이 조금 설쳐 대긴 하지만, 그것도 그나마 그들이 직계가 아니어서 삼광의 분열을 막을 수 있었다는 걸까.'

거기까지 말한 이휘철은 다시 차를 한 모금 마셨다.

"혹시 조설훈, 조지훈 두 사람과 만난 적이 있느냐?"

이휘철의 말에 나는 속이 뜨끔했다.

'이건 발뺌을 할 수도 없겠군.'

나는 하는 수 없이 시인했다.

"……예."

하지만 이휘철은 나를 책망하지 않았다.

그저, 앞으로 내가 무엇을 해야 할지를 알려 줄 뿐이었다.

"그렇다면 더더욱, 조세화에게 힘을 실어 주어야 한다."

"……."

"아마 내버려 두면 조세화란 아이가 두 형제간의 갈등을 봉합할 것이야. 하지만 조세화에게 지금보다 더 많은 힘이 실린다면 조광은 오히려 쪼개질 것이다."

이휘철이 어디까지 내다보고 한 말인지는 모르겠지만, 최소한 내가 알고 있는 전생에서는 그러했다.

조성광으로부터 유산 일부를 상속받은 조세화는 그것을 포기하고 이를 자신의 법적 아버지인 조설훈에게 고스란히 가져다 바쳤다.

그로 인해 조설훈은 그 누구도 넘보지 못할 조광의 1인자로 군림하게 되었고, 동시에 반대 세력을 숙청해 냈다.

'이번 생에는 어떻게 될지 모르지만…… 조세화는 어쨌건 평화주의자야. 이 상황에도 자신의 이득보단 가족 간의 담합을 우선시하겠지.'

이휘철이 말을 이었다.

"다만 이런 상황이니, 네가 전면에 나서는 건 모양새가 좋지 않다. 그러니 몇 가지 수의 계약에 조세화의 명의를 앞세우는 것으로 그 아이에게 힘을 실어 줄 수 있겠지. 그것만 하더라도 조설훈과 조지훈 두 형제는 조세화를 경계할 것이다."

그렇게 말한 이휘철이 비릿한 미소를 지었다.

"네가 계약으로 조세화를 묶어 둔다면, 그 아이는 이를 섣불리 무를 수 없게 되겠지. 그러면 조광의 지분은 묶이고, 조설훈과 조지훈이 비로소 본격적인 싸움을 시작할 것이야."

"……."

"그리고 그때 가서 너는 쪼개진 조광의 알짜배기를 주워 먹기만 하면 된다. 알겠느냐?"

노골적인 조언.

이 발언으로 나는 확신했다.

'이휘철은 나를 자신의 사상과 철학까지 이어받을 후계자로 여기고 있군.'

그게 호재일지 아닐지는 장담하기 어려웠다.

'이태석이 건재한 마당에 그걸 건너뛰고 이휘철의 총애를 누린다? 아무리 그래도 이태석이랑 맞붙을 생각은 없어.'

그건 어디까지나 이휘철의 노욕이다.

노인들에겐 으레 자신의 죽음이 이르기 전에 원하는 결과를 보고 싶어 하는 조급증이 있기 마련이므로.

'게다가 이태석이 무능하면 또 모를까, 일각에선 이휘철보다 높이 평가하는 사람도 있을 정도였는데. 국내 일류 대기업 수준이던 삼광을 글로벌 기업으로 키워 낸 건 이태석의

힘이었어.'

그런 이태석조차 아직 이휘철의 눈에 차지 않는 것일까?

'……아니, 어쩌면 시험일지도 모르지. 여기선 넙죽 예, 하고 고개를 끄덕일 게 아니야.'

게다가 이휘철은 지금 내게서 상왕 노릇을 하려 하는 중이었다.

그의 발언은 손주를 대하는 조부의 격려며 충고를, 또는 경영고문으로서 경영 방침에 조언하는 선을 아슬아슬하게 넘어서 있었다.

'여기서 굽히고 들어가면 그가 살아 있는 동안은 이휘철의 분신인 양 계속 휘둘리고 말겠지. 진즉 역사의 뒤안길로 사라져야 할 노인네의 꼭두각시가 될 생각은 없어.'

나는 이휘철을 살피며 가능한 한 공손하게 대답했다.

"할아버지."

"음."

"말씀은 감사드립니다만, 저는 그럴 생각이 없습니다."

내 대답에 이휘철이 눈썹을 씰룩였다.

"……그래? 의외구나."

이휘철이 말한 '의외'라는 것에서 나는 그가 이미 나라는 존재를 그 나름의 선입견 속에 가둬 두고 있단 생각에 미쳤다.

'그리고 그 인물 분석도 틀리진 않아.'

또한 그 '의외' 속에는 그런 인격적 특성 외에도 내가 감히 자신을 거역했다는 것에서 오는 약간의 불쾌감과 다량의 흥미가 공존하고 있었다.

나는 이휘철의 눈치를 살피는 한편, 그런 티를 내색하지 않으며 조심스레 입을 뗐다.

"저 역시도 현재 조광이 처해 있는 상황과 앞으로 흘러갈 방향에 대해서는 할아버지께서 생각하신 것과 동일한 견해를 갖고 있습니다."

나는 잠시 뜸을 들였다가 말을 이었다.

"하지만 그렇다고 해서 조광이란 회사를 어떻게 해 보려 한 것은 아니었습니다."

이휘철은 가만히 턱을 매만졌다.

"그러면 박상대를 공격했던 건 어째서냐?"

단도직입적이시군.

나는 속이 뜨끔한 걸 드러내지 않으려 차를 한 모금 마셨다.

"솔직히 말씀드려도 될까요?"

"물론."

나는 찻잔을 내려놓았다.

"혹시 저희 회사의 조인영이라는 프로그래머를 아시나요?"

내 말에 이휘철은 나를 물끄러미 바라보다가 툭 하고 물었다.

"임원이냐?"

"아뇨. 평사원입니다."

이휘철이 슬쩍 미소를 지었다.

"다행이구나. 경영고문이 되어서 직원 모두를 알지는 못해도 임원 이름까지 못 외워서야 큰일이겠단 생각을 했거든."

이휘철은 비록 농담을 던져 가며 의뭉을 떨어 댔지만 나는 왠지, 그가 조인영의 존재를 알고 있으면서도 시치미를 떼고 있단 생각이 들었다.

'……아니, 이휘철도 신은 아니야. 정말로 모르는 걸 수도 있지.'

나는 그 농담에 마주 웃으며 답을 이어 갔다.

"사실, 그 조인영이라는 프로그래머가 요한의 집이라는 보육원 출신입니다. 그리고 그 보육원은 구봉팔 씨가 이사장으로 있는 새마음아동복지재단이 경영하고 있죠."

"흐음."

이휘철이 고개를 주억거렸다.

"그래서 작년 연말에 방송국을 불러 떠들썩하게 놀아 댄 것이냐?"

"무관하지는 않습니다. 정확히는…… 방송국 측도 저희 회사 소속 연예인인 윤아름을 따라온 것이지만요. 그러잖아도 연말연시에 무언가 사회 공헌을 해야겠다고 생각하던 차에 좋은 구실이 되었습니다."

이휘철이 눈을 가늘게 떴다.

"하면, 그 조인영이라는 프로그래머는 어떻게 알게 된 사이더냐?"

거기부터 의심을 하다니, 그 역시도 이휘철다운 면모였다.

"실은…… 제 학우 중에 정서연이라는 아이가 있습니다."

나는 정서연의 컴퓨터 A/S부터 이어진 정진건과 조인영의 인연에 대해 간략히 설명했다.

"……그리고 저는 그가 프로그래머로서 자질이 있다는 걸 눈여겨보고 그를 고용하기에 이릅니다."

"음."

듣고 보니 조인영은 요한의 집 출신이었고, 조인영은 자신이 의탁했던 보육원에 정기적으로 후원을 이어 갔다.

여기서 나는 고용주로서 사원과 인연이 있던 보육원에 연말연시의 사회 공헌을 행했고, 이때부터 요한의 집을 비롯한 새마음아동복지재단과 줄이 닿게 되었다.

이 '우연한' 명분은 그 의심 많은 조설훈도 깜빡 속여 넘겼을 정도로 절묘한 것이니, 여기엔 이휘철도 트집을 잡을 수 없을 것이다.

"아무튼 알았다. 그래서 다음은?"

"예. 이후 요한의 집은 방송을 타고 막대한 후원금이 쏟아지게 되었습니다. 저 역시 회사 명의로 요한의 집에 각종 기부를 했고요. 그런데……."

나는 잠시 뜸을 들였다가 말을 이었다.

"거기서 저는 후원금이 보육원에 돌아가지 않고 묶였다는 걸 알게 되었습니다."

"……."

"그리고 저는 새마음아동복지재단의 자금 흐름이 어딘가 이상하다는 걸 알게 되었어요."

"흠."

이휘철은 별다른 감상 없이 내 이야기를 가만히 듣기만 했다.

큰 거짓말을 하려면 그 속에 진실이 섞여야 한다.

내가 요한의 집과 그 배후의 새마음아동복지재단을 알게 된 건, 해당 방송과 기부금 행렬이 이어지기 전이었다.

오히려, 기부금을 쏟아붓는 것으로 그 비리며 실체가 사금 조각처럼 떠오르길 의도했다.

하지만 이휘철도 거기까진 고려하지 못할 것이다.

내가 요한의 집에 후원을 하고, 거기서 새마음아동복지재단의 비리를 눈치챈 건 어디까지나 우연의 산물.

내가 의도하는 건 그 부분이었다.

그 뒤, 나는 진실을 이어 갔다.

"당시 새마음아동복지재단은 정화물산이라는 곳을 통해 경영되고 있었고, 정화물산은 조광 그룹의 영향력 아래 놓인 회사 중 하나였습니다. 그리고 앞서 말씀드렸듯 그 재단의 이사장이 구봉팔 씨였죠."

"하면, 그때 구봉팔을 알게 되었던 거냐."

나는 고개를 끄덕였다.

"예. 좀 더 정확히 말씀드리자면 구봉팔 씨의 존재를 알게 된 건 그 시기였습니다만, 직접 얼굴을 마주하게 된 건 조세광이 저를 자신의 골프 클럽에 초대하면서부터였어요."

"조세광이 먼저 접근했구나."

"예. 당시 조세광은 진영이 형님을 통해 저와 만났으면 하는 의사를 내비쳤고, 저 역시도 새마음아동복지재단과 관련해 이야기할 것이 있어서 그 만남에 응했습니다."

이휘철이 씩 웃었다.

"재단은 조세광의 용돈 창구였나 보군."

함축적이면서도 노골적인 감상이시군.

"그런 셈이었습니다. 자세한 흐름은 저도 알지 못하지만요……. 저 역시도 이왕 새마음아동복지재단과 연결된 김에 조세광과 거래를 했습니다."

"거래라."

"예. 머릿속에 구상 중이던 사업 아이템을 주고 조세광으로 하여금 그 대가로 새마음아동복지재단에서 손을 떼게끔 했습니다."

이휘철이 한쪽 눈썹을 씰룩였다.

"흐음. 사업 아이템? 무슨 사업이냐."

"스크린 골프였습니다."

"……스크린 골프?"

"예. 요즘 시내에 각종 골프 연습장이 생겨나고 있단 것에 착안해서, 조금 조사를 해 보았더니 수요가 있을 거 같아서요. 다만 아직은 기술 개발 단계가 대중화 수준을 넘볼 때는 아니었고, 저희 회사에서 끼어들기도 애매한 사업이던 차에 마침 장소도 골프장이어서 관련 기술을 연구하는 연구실을 소개해 주었습니다."

잠시 생각에 잠겼던 이휘철이 고개를 끄덕였다.

"그럴듯하구나."

물론 스크린 골프 사업은 나중에 회수할 계획도 있었지만, 이휘철은 그 부분까지 문제 삼지는 않았다.

이휘철은 스크린 골프가 돈이 되지 않는다고 생각하진 않는 모양이었지만, 그렇다고 해서 놓쳤다간 아쉬울 아이템으로 보지도 않았다.

삼광의 모토는 선택과 집중이다.

이휘철은 제아무리 먹음직스러운 아이템이라 할지라도 그것이 삼광의 방향과 다르다면 가차 없이 내칠 줄도 아는 사람이었다.

'그래서 이태석에게 뺏은 멀티미디어 사업부를 내게 준 것도 버림패 삼아 아쉬움 없이 줄 수 있었던 거겠지.'

그는 조직이 불필요하게 비대해지는 걸 좋아하지 않았으

니까.

"그러면 구봉팔은 그때부터 네 밑으로 들어간 거냐?"

이휘철의 말에 나는 쓴웃음을 지었다.

"제 부하는 아니고…… 어느 정도 상호 간 이익이 맞아떨어진 협력 관계일 뿐이에요."

나는 어조를 일부러 사무적으로 고쳐 말을 이었다.

"그런데 막상 일이 그렇게 되고 회계를 살피다 보니, 새마음아동복지재단은 조세광이 생각지 못했던 일도 해 오고 있었다는 걸 알게 되었습니다."

이휘철이 고개를 끄덕였다.

"그 재단이 박상대의 자금 세탁 경로였단 거냐."

"예. 정확히는 박상대 씨의 옛 연인이던 정순애 씨에게 각종 생활비 등을 보내는 창구였지만요. 그걸 알고 난 뒤, 따로 박상대 씨를 조사하게 되었습니다만……."

이휘철은 잠시 나를 물끄러미 쳐다보다가 입을 뗐다.

"그렇다면 너는 공정과 상식, 정의를 위해 기자를 꾀어 그런 일을 벌였다는 게냐?"

말은 그렇게 하지만, 어째, 조금 실망하는 눈치인데.

나는 어깨를 움츠렸다.

"솔직히 말씀드리면 제때 해당 창구를 끊어 내지 않으면 제게도 불똥이 튈 거라고 생각했습니다."

물론 나는 위선을 내세우는 대신 일부러 영악한 면모를 앞세웠다.

이휘철은 손주가 정의로운 상식이기보다는 약삭빠른 사업가이길 바랄 것이므로.

"그때만 해도 박상대 씨가 그 정도로 정치권과 긴밀하게 엮인 줄은 몰랐고…… 그가 떠안고 있던 리스크를 언론에 공개하기만 하면 그를 낙선시켜 고리를 끊어 낼 수 있으리라고 생각했습니다."

"……."

"이를 남들 앞에서 떳떳이 밝히지 못한 까닭은 저 역시도 타협한 부분이 있기 때문이었어요."

나는 슬쩍 이휘철의 눈치를 살폈다.

과연 내 블러핑이 그에게 통했을까.

나는 처음부터 미래에 내 적이 될지 모를 박상대의 싹을 미리 제거하려 벌인 일이었지만.

그 누구도 알 리 없을 내 동기를 제외하면 내 진술에 허점은 없을 것이다.

"……과연."

이휘철이 입을 뗐다.

"그렇다면 이 모든 것은 우연이 겹쳐 일어난 산물일 뿐, 너는 애당초 조광을 어떻게 해 보려던 생각은 없었단 의미구나."

"……예. 오히려……."

나는 우물쭈물하며 대답했다.

"……조설훈 씨와 조지훈 씨를 만났을 때에도 저는 어디에도 끼지 않겠다는 제 입장을 전하러 갔던 거예요. 또, 당시에는 이미 박상대 씨 쪽은 손을 뗐을 때고요."

"……."

이휘철은 천천히 차를 한 모금 마셨다.

"그러면 처음으로 돌아와서, 너는 조광의 이번 난리 통에도 마찬가지로 방관자가 될 셈이라는 거냐."

"세화의 친구로서 몇 가지 도움을 줄 수는 있을지 몰라도 다른 생각은 없습니다."

지금 상황이면 내버려 두어도 알아서 분열할 거거든.

'이럴 때에 굳이 나서서 주목을 받을 필요는 없지.'

나는 이휘철을 살폈다.

그는 잠시 찻잔 속 녹찻물을 바라보다가 피식 웃었다.

"그럴듯했다."

"……예?"

별것 아닌 한마디였지만 순간 심장이 철렁 내려앉는 기분이었다.

"제법이야. 인정할 건 인정해야지. 너는 네 나이 때의 네 아비보다 낫구나. 벌써부터 자신의 처지를 알고 변호를 할 줄 아니 말이야. 우연의 연쇄가 일어났단 말도 진실이겠지. 다만."

이휘철은 찻잔을 내려놓으며 몸을 앞으로 기울였다.

"이 할애비가 정말로 아무것도 모를 거라고 생각한 건 조금 서운했다."

"……."

마른침을 삼킬 뻔했다.

"끌끌. 녀석, 무슨 귀신이라도 본 것처럼."

이휘철이 웃으며 자세를 바로 했다.

"물론 조광이 이 지경에 이른 건 자업자득이다. 더 나은 방법이 있을 텐데도 이를 보지 못한 건 분명하지. 하나……."

이휘철의 시선은 나를 관통하는 듯했다.

"그 모든 일에 단초를 제공한 건 다름 아닌 성진이 네가 아니더냐."

"……요한의 집 후원을 말씀하시는 거라면……."

"하하하, 이 녀석, 하하하."

웃음을 터뜨린 이휘철은 뚝, 웃음을 멈추고 입꼬리를 올렸다.

"조세화란 아이와 조성광 회장의 병문안을 갔던 날…… 혹시 조성광 회장이 깨어 있지는 않았느냐."

"……."

"클클……. 용주가 내게 말해 주더구나. 조성광 회장은 그 당시에도 이따금 정신을 차릴 때가 있었다고."

여기서 그가 말한 '용주'라는 인물은 삼광병원의 신용주를 의미하는 것이리라.

'젠장, 나는 이휘철이 아직 삼광병원에 영향력을 행사하고 있다는 걸 간과한 건가…….'

이휘철이 히죽 웃으며 말을 이었다.

"조광에 이런저런 난리가 생기기 시작한 건 비교적 최근 일이지. 그래서 물어보았단다. '혹시 내 손주가 어느 날 언제 이전 병문안을 간 적이 있느냐' 하고."

"……."

"아마 그때 조성광 회장이 너에게 무언가 부탁을 했을 게 다. 어디 보자……. 두 자식 놈이 서로의 약점을 쥐려고 싸우 는데, 이 모든 일과 아무런 관계도 없는 아이가 왔더라. 무언 가 약점이 되고, 분란의 불씨가 될 만한 걸 처리해 주길 바랐 을까. 떠올리고 싶진 않지만, 호래자식 놈이 도청기 같은 걸 숨겼다면, 어떨까."

……이 늙은이가 진짜로 작두를 타나?

"농담이다."

이휘철은 피식 웃으며 차를 마셨다.

"설령 그런 것이라고 하면, 조광은 이미 끝장이 난 것이 지. 아니…… 최소한 조성광의 위광으로 유지되던 조광은 더 이상 없다는 의미가 될 게다."

비록 농담 취급했다고는 하나, 나는 이휘철이 이 모든 것 ─도청기의 존재와 그것이 경찰에게 전해진 것 등─을 알고 있단 걸 확신했다.

'어디까지 알고 있는 거야?'

혹시 조성광의 유언장 내용까지 알고 있는 건 아닐까?

'……어쩌면 그럴지도 모르겠군.'

이휘철이 말을 이었다.

"어쨌거나 덕분에 몇 가지, 머릿속에서 풀리지 않던 것들이 해소되었다. 조광이 흥하고 망하는 건 내 알 바 아니나, 한발 물러서서 세상을 관조하는 일도 나쁘지는 않구나."

"……."

"어차피 이미 회사는 네 것이다. 그걸 가지고 네가 무엇을 하건 나는 신경 쓰지 않으마."

말인 즉, 이휘철이 SJ컴퍼니를 회수하거나 거기에 경영권을 행사할 생각은 없단 말이긴 했지만.

그 말을 믿어도 될지.

'설령 그렇다고 한들 내가 뭘 어찌할 수는 없지만.'

이휘철이 눈을 가늘게 떴다.

"하지만 이 또한 천운이라면 천운일 터."

그러면 그렇지.

방금 전 내게 한 말과 달리, 이휘철은 조광을 집어삼킬 수 있는 이번 기회를 놓치려 하지 않았다.

이휘철이 앉은뱅이 의자 등받이에 등을 기댔다.

"만일 네가 이보다 더 큰 행운을 기대하는 거라면, 그건 배나무 아래서 배 떨어지길……."

그때.

똑똑, 하고 서재 문을 두드리는 노크 소리가 들렸다.

"오빠, 언니들 나왔어!"

문 바깥에서 들리는 이희진의 천진한 목소리에 이휘철은 픽 웃고 말았다.

"이런, 내가 너를 너무 오래 붙들고 있었던 모양이구나."

이휘철은 고개를 절레절레 저었다.

"이만 가 보거라. 이 할애비가 너를 독점하고 있다간 네 동생에게 혼이 날지도 모르니까, 허허허."

덕분에 살았다.

이번만큼은 이희진에게 감사의 마음이 무럭무럭 피어올랐다.

나는 이휘철의 마음이 바뀔세라 얼른 자리에서 일어섰다.

"실례하겠습니다."

나는 꾸벅 고개를 숙인 뒤, 빠른 걸음으로 서재 문을 열었다.

문 앞에선 이희진이 뚱한 얼굴을 하고 서 있었다.

"늦잖아."

"미안. 할아버지랑 할 이야기가 있어서."

이희진은 내 변명은 듣지도 않고 발을 동동 구르며 손목을 잡아끌었다.

"빨리, 빨리."

나는 이희진에게 이끌려 거실로 돌아왔다.

거실 TV에는 한성아와 윤아름이 인형을 사이에 두고 무어라 떠들어 대고 있었다.

「놀이터에서 놀고 나면 꼭 손을 씻을 것! 알겠죠?」

「네!」

뭐, 내용이야 뻔하지.

신호등이 빨간불일 땐 건너지 말 것, 모르는 어른을 따라가지 말 것, 등등 미취학 아동들에게 사회에서 필요한 생활 규범을 눈높이에 맞춰 알려 주는 내용일 뿐이다.

'그래도 둘 다 연기가 제법인걸. 어린이극에는 과분할 지경으로.'

그러고 보니까 듣기론 윤아름이 아동 프로그램에 출연하는 것 자체가 뉴스거리라고 했던가.

마동철은 윤아름이 먼저 나서서 나갔으면 하는 의사를 내비쳤다고 했는데, 이는 한성아를 이 바닥에 끌어들인 나름의 책임감일지도 모르겠단 생각이 들었다.

'해당 연령대에선 최고의 주가를 달리는 윤아름이니, 아동 프로그램답지 않게 시청률이 제법 높게 나오겠어.'

여기서 기본을 갈고닦으면 나중엔 예능 MC로서 활약하는 것도 가능할지 모르겠다.

한편으론 한성아도 윤아름에 딱히 밀리지 않는 느낌이었다.

아니, 오히려 둘이 함께 붙어 있으니 나름대로 모종의 시너지가 나온다고 해야 할까.

김희진이 소파에 앉으며 볼멘소리를 늘어놓았다.

"그래도 오빠, 춤추는 거 놓쳤어."

"그랬구나."

그때 불러 주지.

'이번에는 이휘철 앞에서 너무 많은 말을 하고 말았군. 이휘철의 페이스에 말려들었어.'

그에게 빈틈을 보이고 만 건 결국 내 불찰이다.

애당초 운락정에서 이휘철이 개입했다는 것, 아니 최갑철이 기사를 검열한 시점에서 일의 정황은 그에게 드러난 셈이었다.

'앞으로는 정보 방어도 게을리하면 안 되겠군.'

여기선 일언반구도 하지 않았지만, 이휘철은 어젯밤 곽철용을 만났던 일을 알고 있을지도 모른다.

'그렇다면 이휘철이 도청기의 존재를 알고 있다는 것도 말이 되지.'

지금은 곽철용이 내 편이 되었다지만, 그게 이휘철의 사주 하에 이루어진 복안인 것도 간과할 수는 없는 일이었다.

'나 원. 이휘철의 인맥에 기대지 않으려 해도 지금은 그 손아귀를 벗어날 수가 없네. 혈육이라는 입장이 있으니 이휘철도 내게는 악의가 없겠지만……'

그렇다고 해서 그 말에 좌지우지되는 걸 바라진 않았다.

'무슨 흥선대원군도 아니고. 은퇴를 했으면 가만히 계시란 말이야.'

나한테도 다 계획이 있는 것인데…….

문득 이희진이 내 팔을 콕콕 찔렀다.

"……왜?"

"오빠, 저 언니 예쁘다. 그치?"

"응?"

"아이 참. 아름 언니라는 언니 말이야."

이희진의 손가락이 윤아름을 가리키고 있었다.

"아, 그래. 그러네."

이희진의 말마따나 사춘기를 지나가는 중인 윤아름의 용모는 이제 슬슬 아역 티를 벗어 가고 있었다.

'뭐, 내가 기억하는 윤아름엔 아직 한참 못 미치지만.'

하긴, 원래도 미모로는 원톱을 찍은 연기자이니, 어린애 눈에는 지금의 윤아름도 '예쁘다'고 느끼는 건가.

'오히려 그 외모 탓에 연기력이 저평가될 정도였으니까.'

이희진이 눈을 반짝 빛내며 나를 보았다.

"오빠는 저 언니랑 친하다고 성아 언니가 그랬는데. 진짜

아?"

"음……."

친하다면 친하다고 할 수도 있겠지만, 그 전에 우리는 고용인과 피고용인 사이의 계약 관계였다.

"그런 셈이지."

그래도 함께 밥을 먹을 정도면 친하다고 볼 수 있으니까 부정은 하지 않았다.

내 말에 이희진이 활짝 웃었다.

"그러면 저 언니, 집에 초대할 수 있어?"

"……."

거, 누가 이성진 동생 아니랄까 봐, 벌써부터 연예인을 사적으로…….

아니, 그야 윤아름 성격상 부르면 와 주긴 할 테지만.

나는 이희진에게 일부러 미소를 지어 주었다.

"아마 바빠서 안 될 거 같은데?"

"바빠? 방학인데?"

"응. 지금도 놀고 있는 나랑은 다르게 TV에 나오고 있잖아."

"으음, 그런가……."

솔직히 말하면 지금은 윤아름도 딱히 일거리가 없어서 아동 프로그램에도 출연할 수 있는 거지만, 마냥 한가하단 이유로 윤아름을 집에 초대하고 싶진 않았다.

그런 건 고용주로서 지양해야 할 태도였다.

'……사모의 호들갑을 보고 싶지도 않고.'

사실 그 인기와는 별개로 연기자로서 윤아름은 현재 과도기였다.

제아무리 인기가 많아도 아역은 아역이다. 맡을 수 있는 배역에는 한계가 있고, 제작사 측에서도 리스크를 감수해 가며 아역을 주연으로 발탁하는 경우는 거의 없다.

'게다가 아역 배우는 제약이 많으니까. 10시 이후에는 촬영을 못한다거나…….'

그래서 지금은 그녀가 하고 싶은 걸 하도록 내버려 두고 있지만, 소속사에서도 한창 주가가 높은 그런 그녀를 방치해야만 하는 고민이 있었다.

'더욱이 초대박을 터뜨리는 드라마도 지금은 딱히 없고, 지금 윤아름의 나이에서는 아무리 밀어붙여도 배역 폭이…… 아니지, 잠깐.'

굳이 때를 기다릴 필요가 있을까?

'없다면, 만들면 되잖아?'

현재는 이미 내가 기억하던 전생과 많은 의미에서 달라지고 있었다.

'이제 시대를 앞서간 것을 시도하는 리스크 정도는…… 충분히 감수할 만해.'

어쩌면 이 기회에 이휘철 모르게 어디에도 구애되지 않는 회사를 하나 차려 두는 것도 나쁘지 않을 듯하다.

'그러려면 유능한 꼭두각시…… 아니 협력자를 구해 볼 필요가 있겠군.'

잠시 텔레비전을 보며 생각을 정리하고 있었더니, 이희진이 내 팔을 쿡쿡 찔러 댔다.

"왜?"

"근데, 오빠."

"응."

"저 언니가 예뻐, 아니면 내가 예뻐?"

"……."

뭘 어쩌라고.

2장

굳이 광금후의 말 때문이 아니라 하더라도, 조세광의 구속으로 인한 주가 방어를 위해 조설훈은 임원 회의를 소집해야 했다.

임원들 역시 사태가 심각하다는 것을 알았기에 만사를 제쳐 두고 곧장 소집에 응했다.

하지만 어째, 공기가 달랐다.

예전 같으면 조성광을 대신한 조설훈이 떵떵거리며 소리치는 자리였지만, 반응은 '어디서 개가 짖나' 할 정도로 시큰둥했다.

그리고 임원들의 시선은 조지훈을 향했다.

조설훈과 눈이 마주친 조지훈은 실실 웃던 미소를 거두며 마지못해 일어섰다.

"여러분, 지금은 회장 대리이신 조설훈 사장님의 말씀을 따라야 하지 않겠습니까?"

조지훈이 말을 이었다.

"이번 일로 회사에 악재가 터진 것은 분명합니다만 아직 수사 중인 사안이고…… 지금은 누구의 책임을 물을 때도, 연좌제를 적용할 때도 아니라고 봅니다."

멧돼지 조지훈답지 않게 흘러나오는 말이 제법 청산유수였다.

"이럴 때일수록 우리는 하나로 뭉쳐야 합니다. 이번 위기를 넘기면 모든 것은 원래대로 돌아올 뿐만 아니라, 미래를 위한 도약도 가능해질 겁니다. 도와주십시오, 여러분."

그러면서 조지훈은 임원들 앞에 고개를 꾸벅 숙이기까지 했다.

저건, 쇼다.

형님의 편을 들어 주는 것이 아니었다.

조설훈이 해야 할 일을 자신이 대신하는 것으로, 얼마든지 그 대체재가 있다는 어필.

그 모습에 여기저기서 헛기침 소리가 들리고, 광금후가 의자에 등을 기댄 채 거만한 자세로 입을 뗐다.

"뭐, 여기선 우리 조지훈 사장님 말씀이 옳다고 봅니다."

조설훈이 아닌, 조지훈.

둘의 의견은 같았지만, 그는 굳이 조지훈을 언급했고, 그 사소한 차이가 함의하는 바는 컸다.

발언권도 구하지 않고 입을 떼었던 광금후는 무표정한 얼굴의 조설훈을 힐끗 쳐다보았다가 말을 이었다.

"회장님도 중태에 빠지신 마당에 저희 의견이 다른 곳으로 튀어서야 될 일입니까? 이 일이 누구 때문인지 문책하는 건, 이번 일을 수습한 뒤에도 늦지 않다고 보고……. 허허."

광금후는 물을 한 모금 마셨다. 그사이에도 끼어들거나 동조하는 이가 없다는 건, 현재 권력 위계가 어떠한가를 보여 주는 모습이기도 했다.

"전적으로 동의하지는 않지만 우리나라는 그, 유교 국가가 아닙니까. 대다수 국민들은 아들이 아버지를 섬기듯 아버지도 아들을 보호해 주는 것이 국민 정서에 걸맞다고 생각하지요. 그러니 지금은 조설훈 사장님께서 무언가 제스처를 취해 주셔야 한다고 봅니다."

광금후가 조설훈을 물끄러미 쳐다보았다.

"아직 결과가 나온 것은 아니라지만 회장 대리 입장에서 저희 주주들을 위해서라도 짚고 넘어가야 할 건 짚어야 하지 않겠습니까?"

……말은 점잖았지만, 사실상 노골적인 반기였다.

'승냥이 놈이!'

조설훈은 탁자 아래로 주먹을 꾹 쥐었다.

'게다가 이미 손을 잡은 건가.'

이래서 싹이 자라기 전에, 밟아 두어야 했거늘.

가진 지분이 얼마가 되건, 조설훈이 가진 힘은 현재 고작 그 정도였다.

더욱이 조설훈이 가진 회장 대리 권한은 구봉팔을 방패막 이로 앞세우면서 그 힘을 의도적으로 쪼갠 상태였고—물론 그것이 면피용에 불과하다는 걸 모르는 사람은 이 자리에 없 었지만—그 대가는 고스란히 조설훈을 향한 창칼로 돌아오 고 있었다.

조설훈이 딱딱하게 굳은 얼굴로 입을 열었다.

"관련해서는 현재 변호사에게 의뢰해 입장을 정리하고 있 습니다."

"아."

광금후가 히죽 웃었다.

"설마 회사 명의의 변호사는 아니겠지요?"

"……."

"조광을 설립하고 키운 건 분명 조성광 회장님이십니다 만, '개인의 일탈'을 회사 차원까지 확대해서야, 국민 여러분 이며 주주분들이 자칫 오해라도 하실까 저어되어서요. 허허, 물론 우리야 한 가족 같은 사이입니다만…….."

조설훈이 광금후의 말을 노골적으로 끊었다.

"개인입니다."

"다행입니다. 아, 제가 다행이라 한 것은 근시일 내에 오해가 사라질 거란 의미에서 드린 말씀입니다. 법조계와 연이 깊은 조설훈 사장님이시니 마땅히 훌륭한 변호사를 선임하시겠지요."

"……."

저 새끼가.

광금후는 자신을 씹어 먹을 듯한 조설훈의 시선에서 고개를 돌리곤 자리에서 일어섰다.

"이 자리를 빌어 감히 말씀드리자면 저는 빠른 시일 내에 긴급 주주총회를 열어야 한다고 봅니다. 회사란 주주의 것이니, 주주 여러분의 의견도 들어 봐야 마땅하지 않겠습니까. 또 회장님의 용태가 위중하신 상황이니 주주 여러분을 모시고 안심을 시켜 드려야 한단 의미를 포함해서 말이지요."

광금후는 미리 준비하고 있었던 듯이 반역의 불씨를 피워 올렸다.

"여기 계신 과반수가 찬성하시면 긴급 주주총회를 의결에 붙이겠습니다."

광금후가 고개를 돌려 조설훈을 보았다.

"사안이 사안이니, 회장 대리님도 동의하시겠지요?"

'언젠가, 저 새끼를 죽이고 말겠다'고 다짐하는 조설훈이었다.

결국 조설훈은 임원들을 장악한 광금후에 의해 많은 것을 내려놓아야 했다.

이는 하루아침에 벌어진 난데없는 일이 아닌, 조광이라는 기업이 가진 장점이자 아킬레스건인 그 태생적 한계 때문이기도 했다.

대놓고 떠들지는 않지만, 알 만한 사람들 사이에서 조광을 일컬어 이런 이야기가 들려온다.

'조광에는 노조가 있으면서 없다.'

이 역설적인 이야기는 조광이라는 기업이 성장할 수 있었던 동력이자 정체성이었다.

조광은 그 태생부터 물류 유통을 업으로 삼아 왔다.

유통업은 다른 기업에 비해 훨씬 노동집약적인 산업이다.

창립자인 조성광은 이를 잘 알았다.

마침 조성광에게는 힘깨나 쓰는 사람들이 모여 있었고, 또 예의 '야쿠자 전진기지 설'이 파다한 곳이어서 그런지 사람을 구하고 부리는 일에는 난색을 겪지 않아도 될 정도였다.

동종 업계에서 조광이란 기업의 이미지는 '아귀'였다.

조광은 격동의 세월 속에서 마치 아귀처럼 동종 업계를 집어삼켜 오며 그 덩치를 불려 왔고, 아귀라는 별명처럼 그 인수 합병 과정에는 담합을 통한 피 말리기, 습격, 기자재 훼손, 독소 조항 삽입 등 강압적인 수단도 동원되었으리라는 의혹이 몇 차례 제기될 정도였다.

그것이 가능했던 건 조광의 주력 사업이 노동집약 분야인 데다가, 일치감치 노조를 집어삼켰기 때문이었다.

대한민국이 뒤를 돌아보지 않는 성장의 진통을 겪고 등잔 아래선 한창 노동자의 권익과 권리를 부르짖을 때, 노동자를 물건처럼 취급하며 권익을 부르짖던 노동자들을 탄압하던 다른 고용주들과 달리 조성광은 퍽 약삭빨랐다.

조성광은 역으로 그 노동자들의 조합에 힘을 실어 주었다.

그렇다고 해서 조성광이 남들에 비해 이념적으로 진보 색 채를 띠고 있었단 의미는 아니었다.

그에게는 나름의 계산이 서 있었다.

조성광은 겉으론 노동자들의 조합을 인정하면서 그들에게 후원을 아끼지 않는 한편, 뒤로는 그 사이에 자신의 최측근 을 심어 두었다.

그들은 그 과정에 노조를 압박하거나 회유, 다른 잡음이 들려오지 않게끔 조치를 취하며 '따르지 않는 자에게는 철 퇴, 전향자에겐 떡'을 주는 식으로 노조를 관리했고, 조광을 중심으로 한 화물 운송 노조가 조성광이 심어 둔 측근을 중 심으로 구성되는 데에는 오랜 시일이 걸리지 않았다.

이후 역사의 수레바퀴가 노동자의 권익을 보장하는 시대 의 부름에 응하게 되었을 때, '조광의 노조'는 본격적으로 움직이기 시작했다.

조성광은 조금씩, 천천히, 서두르지 않고 동종 업계를 하나둘 집어삼켜 갔다.

시작은 미약했으나 끝은 창대하리니.

조광의 행보는 차츰 가속도가 붙기 시작하더니 종래에는 전국구로 확대되었고, 그 과정의 잡음에는 여지없이 조성광의 해결사들이 활약했다.

그렇게 조광은 자신이 쥐락펴락하는 노조를 통해 그 세를 키울 수 있었고, 심지어 이들은 서울시가 공인 시민단체인 '바른나라운동본부'를 접점으로 자신들의 입김이 들어간 '중앙노동권익위원회', 중노위라 부르는 단체의 합법화를 추진하려 오랜 시간 로비를 해 왔다.

그 중심에 있던 것이 서울시장의 비서실장이자 권한 대행으로 활약하던 박상대였다.

중노위의 승격은 조광이 커 가는 것에 필요할 뿐만 아니라 야망이 큰 조성광의 비원이었다.

이 '노동집약적' 사업은 '표'가 되기도 한다. 만약 조성광이 중노위를 손에 거머쥘 수 있다면, 그 자체만으로 거대 정당은 아닐지라도 군소 정당 하나쯤은 창출할 수 있는 힘이 된다.

어느 정도 덩치가 있는 사업가란 무릇 정치인을 향한 콤플렉스가 있는 법이다.

자신의 출신을 남에게 밝히지 않는 조성광이었지만, 그 스스로는 자신이 '정치를 할 만큼' 깨끗하거나 떳떳한 입장이 아니라는 걸 알고 있었으리라.

하지만 만약 조성광의 손가락 하나에 방향을 선회하는 중노위, 그리고 그 중노위의 입김이 닿은 의원을 배출할 수 있게 된다면 정치권에 큰소리를 떵떵 쳐 가며 공천권을 좌지우지하는 비선실세이자 상왕 노릇도 가능해진다.

뿐만 아니라 이는 조설훈에게도 중요한 요소였다.

그렇다고 조설훈이 조성광처럼 정치에 (콤플렉스에 기인한)욕심이 있었던 건 아니었다.

그에게는 무엇보다 회사(즉, 조성광의 후계자인 자신)가 우선이었고, 그러다 보니 조설훈은 그저, 조광이 가진 태생적 한계를 일찍 깨쳤을 뿐이었다.

조성광이 한창 다른 동종 업계를 인수하며 덩치를 키워 갈때, 대규모 숙청이며 피바람이 불지 않았던 건 그가 선량해서가 아니었다.

이 노동집약적인 업계는 사람 손이 귀했고, 사람과 사람사이의 관계가 자산이다.

그래서 조성광은 인수한 회사의 중책이 대놓고 뻗대지만 않으면 어르고 달래며 한 자리씩 감투를 씌워 주는 방식으로 조직을 관리해 온 것이다.

조광이 가진 태생적 한계는 여기에서 온다.

각 호족 구성원으로 연합을 이룬 조광이 조성광의 부재 시에도 유지될 수 있는가.

결국 조광이라는 곳은 조성광 한 사람의 카리스마로 유지되는 곳이었고, 그 영향력이 사라지는 순간 분열될 조짐이 다분한 곳이기도 했다.

그렇기에 조설훈은 조성광 사후에도 지속될 천년 왕국을 위해서라면 한 사람의 카리스마에 좌지우지되지 않는 시스템이 있어야 한다고 보았다.

그 존재며 옥새가 중노위였다.

결국 조설훈도 개인적으로는 박상대란 인물 됨됨이를 경멸하면서도 오랜 시간 공들여 작업한 결과물인 그와 손을 맞잡을 수밖에 없었다.

만일 이때 박상대가 국회의원에 당선되고 중노위가 정부의 승인을 받은 합법 노동단체로 승격되었다면, 조광의 앞길은 탄탄대로였으리라.

하지만 박상대는 자신이 저지른 부정을 덮고자 어처구니없는 '실수'를 저질렀고, 그 과정에서 어처구니없는 최후를 맞았다.

그리고 지금은 그 화살이 조설훈을 향했다.

역사의 변수란 아이러니하다.

만약 이성진이 성수대교 붕괴를 막지 않았더라면, 역사대로 서울시장이 사퇴했을 것이다.

만약 이성진이 삼풍백화점의 부실시공을 공론화시키지

않았더라면, 이번에도 서울시장은 자리 보전을 못 했을 것이다.

하지만 그 두 사건이 일어나지 않는 것으로 인해 박상대의 공작은 막힘없이 진행될 수 있었고, 이는 조광이 배후에 있는 '바른나라운동본부'와 '중앙노동권익위원회'의 존재로 이어졌다.

이성진의 개입이 없었더라면 박상대는 비서직에서 쫓겨나고도 알아서 자신의 지역구 공천을 받아 무난하게 금배지를 달았을 뿐만 아니라, 조설훈도 외부의 도움 없이 스스로의 힘으로 별다른 잡음 없이 승계를 이루어 냈으리라.

또한, 설령 전생에도 조지훈이 조성광의 병실에 도청기를 설치했다고 한들 조설훈의 약점을 잡을 내용 같은 건 존재하지도 않았을 것이다.

그러니 각자도생해도 제 살길은 알아서들 찾았을 것이지만 이 모든 건 '역사의 만약'을 알고 있는 이성진을 제외한 이들에게는 알 리 없는 스노우볼링이었다.

'빌어먹을.'

긴급 주주총회가 가결되고 임원들은 쭈뼛쭈뼛 눈치를 살피며 회의실을 빠져나갔다.

텅 빈 상석 곁의 조설훈은 그들이 자리를 비킬 때까지 의자에서 일어서지 않았고, 그런 조설훈에게 조지훈이 다가왔다.

"형님, 괜찮수?"

조설훈이 조지훈을 노려보았다.

"뭐."

"아니. 그게."

조지훈이 멋쩍은 웃음을 흘렸다.

"형님도 알잖수. 그 자리에선 나라도 그렇게 말해야 했단 거. 안 그랬다간 분명 회의장이 개판이 났을걸. 그래서야 광금후 저 너구리만 띄워 주는 꼴 아니오."

"……."

조지훈의 말은 일견 합리적이고 타당하게 비쳤을 테지만, 조설훈은 지금이라도 그 멱살을 쥐고 싶은 심정이었다.

'저놈이 감히.'

그러잖아도 뻔뻔하게 회의실로 들어온 조지훈을 보자마자 멱살을 쥐고 싶은 걸 꾹 눌러 참았던 조설훈이었다.

그건 어젯밤 조세광이 경찰에게 끌려가고 난 뒤 조세화가 건넨 도청기와 무관하지 않았다.

안 그래도 조지훈을 경계하고 있던 조설훈은 조지훈이 본격적으로 회사를 장악하기 위한 술책을 부리고 있음을 확신했다.

방금 임원 회의 때만 하더라도 조지훈은 시키지도 않은 짓을 하며 위세가 자신에게 기울었음을 어필하지 않았던가.

'애당초 모든 발단은 저 새끼 때문이야.'

그뿐이랴.

저놈은 어쩌면 경찰에게 도청 녹취 카세트테이프를 가져다 바쳤을지도 모른다.

'……씹어 먹어도 시원찮을 놈 같으니.'

그런 조설훈의 속내를 알 리가 없는 조지훈은 머쓱해하며 조설훈의 어깨를 짚었다.

"그보다 세광이 일은 안됐수. 나도 어젯밤에 그 소식을 듣자마자 형님을 찾을까, 생각했는데……. 그래도 지금은 이미 엎질러진 물이니 앞으로가 중요……."

"닥쳐."

조설훈의 나직한 말에 조지훈은 미소를 거두며 조설훈의 어깨에서 손을 뗐다.

"진정해."

"아니, 나는 지금 냉정하다."

조설훈이 자리에서 일어나 조지훈을 노려보았다.

"애당초 네가 아버지 병실에 도청기를 설치하지 않았다면……."

"워, 워."

조지훈은 당황하며 주위를 둘러보더니 아무도 남지 않았단 걸 깨닫곤 재빨리 출구로 가서 회의실 문을 닫았다.

달각.

문을 잠근 조지훈이 문을 등지고 한숨을 푹 내쉬었다.

"지금 엄청 화가 났다는 건 알겠는데, 그것도 때와 장소를 가려서 말해야지."

"……."

그럼에도 불구하고 여전히 자신을 노려보는 조설훈을 보며 조지훈은 목소리 톤을 낮췄다.

"그래. 그건 내 잘못이오. 하지만 그렇게 따지면 나는 뭐, 형님한테 할 말이 없을 줄 아나?"

조지훈이 급기야 인상을 찌푸렸다.

"까놓고 말해서 이건 형님네 아들이 내 부하를 죽여서 벌어진 일이오."

"하."

조설훈이 입매를 비틀었다.

"어디 길바닥에 굴러다니는 삼류 양아치만도 못한 놈을 부하라고?"

"……박길태 그놈이 별 볼일 없는 놈이 된 건 맞지만, 그래도 한때는 내가 챙겨 주던 동생이오. 그리고 나는 그걸 덮어 줬어."

조지훈이 가슴을 쿵, 하고 두드렸다.

"왜냐면 어쨌건 세광이 놈은 내 조카니까! 그렇다고 내가 그놈이 죽은 걸 두고 아무렇지 않았단 건 절대 아니오."

조지훈은 뿌득, 이를 갈았다.

"진짜 아무것도 아닌 놈이면, 그런 놈한테 아버지 병실을 맡길 리가 없잖소. 언젠가 구색 좀 갖춰지고 나면 놈한테 적당히 한 자리 앉혀 줄 의리는 있었단 말이오, 나도. 그런 데, 뭐?"

조지훈이 조설훈을 노려보았다.

"방금 형님 말씀은 선을 넘은 거요."

"……."

조설훈이 아무런 대꾸도 하지 않자, 조지훈은 눈을 지그시 감았다가 떴다.

"형님, 형님이 지금 세광이 때문에 힘든 건 이해합니다. 하지만 그렇다고 다 놔 버리고 있을 순 없잖수."

"……."

조지훈이 한층 누그러뜨린 어조로 말을 이었다.

"형님한테 힘이 있어야 세광이한테도 좋은 거요. 이럴 때 일수록 당당하게 가슴 쫙 펴고 회사를 잡아야지, 계속 꿍해 있으면 아랫것들은 불안해하기 마련이오."

"……."

"다시 힘내 봅시다. 우리. 지금껏 잘해 왔잖소."

조설훈이 의자에 앉았다.

"그래."

"……뭐가?"

"내가 과민했던 모양이구나. 미안하다."

조지훈은 그제야 쓴웃음을 지었다.

"신경 쓰지 마쇼. 내 앞이 아니면 형님도 누구한테 분풀이를 하겠어? 나니까 받는 거지."

조지훈은 머리를 긁적이곤 어깨를 으쓱였다.

"뭐어, 말이 나와서 하는 거지만…… 아직 미성년자고, 그 왜, 정당방위였단 걸로 밀어붙이면 형량도 그리 빡세게는 안 나올 거요."

"……"

"차라리 오히려 잘됐다고 생각합시다. 뭣하면 거기에 수 발들 애들 몇 놈 좀 넣어 주고. 이 기회에 마음 정리도 하면 이제 세광이도 정신 한번 차리겠지."

조설훈이 쓴웃음 같은 희미한 미소를 지었다.

"그래. 그렇겠구나. 장기적으로 보면 잘됐지. 괜히 학교라 불리는 게 아니니."

"이제야 좀 형님답네."

조지훈이 웃었다.

"그러면 먼저 나가 보겠소. 형님도 머리 좀 식고 나면 움직일 준비 하시오."

조지훈은 잠갔던 문을 열고 회의실을 빠져나갔다.

조설훈은 그런 조지훈의 뒷모습을 바라보다가 입가에 드리웠던 쓴웃음을 거두고 무표정한 얼굴이 됐다.

'……그게 정당방위였다는 걸, 저놈이 어떻게 아는 거지?'

그건 배성준에게 수사 정보를 들은 자신이니 아는 이야기였다.

'즉, 놈도 경찰에 정보통이 있단 거로군.'

그리고 경찰에 정보를 흘린 것도, 어쩌면.

조설훈이 주먹을 꾹 쥐었다.

'개만도 못한 놈. 오냐, 좋다. 한번 끝장을 보자.'

3장

배성준은 아침 일찍 처가를 들러 아이들을 깨우고 씻긴
뒤, 처제 내외와 아침밥을 먹었다.

아이들은 아침부터 찾아온 배성준을 보며 어리둥절해했
고, 심지어 둘째는 데면데면하게 눈치를 살폈지만, 이내 '놀
이공원에 가자'는 말에 비일상의 어색함을 벗어던지고 환호
했다.

아이들이 저마다 옷을 갈아입으려 방으로 들어갔을 때, 처
제가 갓난아이에게 이유식을 떠먹이며 배성준을 불렀다.

"형부."

"왜?"

"아침부터 뉴스가 난리던데. 바쁜 거 아니었어요?"

잘 알고 지내는 사람이 평소와 다른 모습을 보이면, 위화감이 들기 마련이다.

배성준을 보는 처제의 시선에는 그 위화감에서 오는 희미한 불안감 같은 것이 깃들어 있었다.

배성준은 처제의 말에 미소를 지었다.

"아, 그거. 우리 쪽 관할이 아니라서 괜찮아."

배성준은 거짓말을 했다.

"……그래요?"

"음. 게다가 나도 밀린 휴가가 많은 데다가 마침 둘째가 놀이공원엘 가 보고 싶다고 말한 게 생각이 나서. 또, 애들도 방학이니까 겸사겸사."

"……."

평소답지 않다.

그녀가 알고 있는 배성준은 이렇게 구구절절 말을 하는 사람이 아니었다.

더욱이 언니가 암으로 세상을 떠난 뒤, 배성준은 좀처럼 웃는 일이 없었다.

그는 아내의 죽음을 잊으려는 듯 필사적으로 일에 매달렸고, 아이들을 보러 오는 경우도 좀처럼 없을 정도였다.

배성준이 의자에 걸어 둔 재킷 안주머니를 뒤적여 봉투를 꺼냈다.

"자, 생활비. 부족한 건 없지?"

"네……."

처제는 배성준이 준 봉투를 받아 앞치마 주머니에 집어넣었다.

일에 매진한 덕분인지는 몰라도, 배성준은 성과급이라도 잔뜩 받았는지 아이들에게 부족함이 없게끔 생활비를 보내주어서 학원도 보낼 수 있었다.

갓난아이를 돌봐야 하는 자신으로선 그나마 손이 덜 가게 되어 다행이라 여기면서도 배성준의 몸이 축나는 건 아닐지 걱정될 때가 많았다.

"형부."

"응."

"애들 모임에서 건너 건너 알게 된 사람이 있는데……. 소개라도 받아 보시지 않겠어요?"

처제의 말에 배성준이 미소를 슬쩍 거뒀다.

"무슨 말이야?"

처제가 차분하게 말을 받았다.

"재가를 하시는 건 어때요?"

"……."

"계속 이렇게 살 수는 없잖아요."

처제는 갓난아기의 등을 툭툭 두드려 트림을 시켰다.

"또, 우리 희선이도 커 가는 중이고."

"……혹시 돈이 부족한 거라면……."

처제가 고개를 저었다.

"오해하지 마세요. 아이들이 부담된다거나 하는 건 결코 아니에요. 우리 바깥양반도 형부 앞에선 점잔 빼서 그렇지, 퇴근 후에는 잘 놀아 주고."

"……."

"전부 다 형부를 생각해서 하는 이야기예요. 형부가 언니를 얼마나 사랑했는지는 세상 사람들도 다 알걸요. 하지만……."

처제는 아랫입술을 잘근 깨물었다가 말을 이었다.

"그건 모르죠? 재영이, 둘째 베갯잇 세탁할 때 보면 하얀 가루가 묻어 있는 거."

"……무슨 소리야?"

"울었단 거예요. 혼자. 베갯잇에 소금기가 남은 거죠."

처제의 말에 배성준은 아무 말도 할 수 없었다.

처제가 말을 이었다.

"저, 애들한테는 아빠가 붙어 있어야 한다고 생각해요. 퇴근 후에 보는 게 우리 바깥양반이 아니라, 형부여야 한다고요."

"……."

"희선이가 커 갈수록 그런 생각이 들곤 해요. 우리가 아무리 언니네 애들을 사랑해 준다고 해도, 아이들한테는 진짜 아빠만 한 사람도 없지 않겠어요? 또, 계모이긴 해도 이모보단 엄마라고 불러 볼 사람이 필요하다고 생각해요.”

“…….”

배성준은 무표정한 얼굴로 처제의 이야기를 듣다가 흠, 하고 한숨 같은 걸 내쉬었다.

“생각해 볼게.”

“……정말요?”

처제는 눈을 동그랗게 떴다.

정작 말은 꺼냈지만, 평소의 배성준이라면 조용히 불쾌감을 드러낼 거라고 생각했기 때문이었다.

그래서 이 기회에 조금씩 천천히 이야기를 진행시켜 볼 생각이었는데, 배성준은 이 자리에서 곧장 긍정적인 반응을 보였다.

처제는 그런 배성준을 보며 복잡한 미소를 지었다.

“잘됐어요. 그럼 언제가 좋겠어요? 이왕이면 형부가 휴가 중일 때 날짜를 잡을게요.”

“……처제.”

“예?”

“처제는 좋은 사람이야.”

배성준의 말에 처제는 픽 하고 웃었다.

“왜 이래요, 이 사람이. 하긴, 이렇게까지 형부 걱정해 주는 처제가 세상에 어디 있겠어요.”

그녀는 다소간 멋쩍은 기분을 감추려는 듯 갓난아기를 품에 안았다.

"아무튼 그 이야긴 형부도 갑작스러우실 테니까, 제 쪽에서 먼저 날을 맞춰 볼게요. 좋은 사람이래요. 소개할 그 사람."

"응."

처제가 웃었다.

"말이야 바른말이지, 형부만한 사람도 없고…… . 솔직히 형부가 조금 아깝다. 애들도 다 착하고 귀여우니까, 분명 누가 엄마가 되건 간에 잔뜩 사랑받을 거예요. 장담할게요."

"응."

"다행이다."

그때 아이들이 아껴 둔 옷을 차려 입고 거실로 나왔다.

"아빠, 준비 다 됐어요!"

"나도!"

배성준이 자리에서 일어섰다.

"그러면 가 볼게."

"네."

아이들은 현관에서 꾸벅 고개를 숙였다.

"다녀오겠습니다, 이모!"

배성준은 아이들의 손을 꼭 붙잡고 처가를 나섰다.

뒷좌석에 앉은 아이들은 신이 나 떠들어 댔고, 배성준이 튼 최신가요를 따라 노래를 부르기도 했다.

배성준은 그 재잘거림을 들으며 희미한 미소를 지었다.

언젠가, 둘째를 임신한 아내를 조수석에 태우고 운전하던 때가 떠올랐다.

그 시절은 행복했다.

지금도, 비록 조수석에 아무도 앉지 않았지만 기분은 나쁘지 않았다.

주변 모두가 좋은 사람뿐이었다.

배성준은 자신의 인복에 감사하며 모처럼 찾아온 행복감에 젖어 들었다.

'어쩌면 행복이라는 건, 의외로 별로 어렵지 않게 찾아오는 게 아닐까.'

행복이란 그저 자신에게 주어진 현실을 외면하지 않고, 이를 받아들이는 일상 속에…….

따르릉!

그때 배성준의 주머니 안쪽에서 벨소리가 울렸다.

순간 배성준의 표정이 딱딱하게 굳었다.

삐삐 건전지는 진작 빼놓았지만, 핸드폰은 미처 생각하질 못했다.

그리고 이 대포폰으로 전화를 걸 만한 사람은 단 한 사람뿐이었다.

"무슨 소리지?"

둘째가 노래를 부르다 말고 형을 쳐다보았고, 첫째는 눈치 껏 볼륨을 낮춰 주었다.

"쉿!"

배성준이 핸드폰을 꺼내자 둘째가 눈을 동그랗게 떴다.

"우와, 핸드폰이다! 아빠 핸드폰 있어요?"

"야, 조용히 해. 아빠 통화하시잖아."

뒷좌석에서 두런두런 들려오는 어린 것들의 이야기를 한 귀로 흘리며, 배성준은 마지못해 전화를 받았다.

"예."

─우리, 한번 봅시다. 지금 당장. 묻고 싶은 게 있거든.

수화기 너머 조설훈의 목소리는 딱딱하게 굳어 있었고, 내용은 단도직입적이었다.

그야, 조설훈은 어젯밤부터 줄곧 기분이 좋지 않을 것이다.

배성준은 백미러를 힐끗 살폈다가 입을 뗐다.

"시간이 안 됩니다. 지금 말씀하시죠."

─……됐소. 나중에 전화하지.

뚝.

조설훈은 불쾌감이 잔뜩 묻어난 한마디만 전한 뒤 전화를 끊어 버렸다.

배성준이 무표정한 얼굴로 조수석에 핸드폰을 툭 던지자, 첫째가 조심스레 입을 뗐다.

"아빠, 혹시 바빠요? 저희는 괜찮아요."

그러자 둘째가 칭얼댔다.

"난 싫어! 아빠가 놀이공원 간댔는데!"

"조용히 좀 해. 아빠 일하시는 거 방해하면 나쁜 놈이야."

"형아도 좋아했으면서! 거짓말!"

"이게!"

배성준은 아이들의 말을 들으며 뒤통수를 한 대 맞은 듯 멍했다.

문득 처제의 말이 생각났다.

「……우리가 아무리 언니네 애들을 사랑해 준다고 해도, 아이들한테는 진짜 아빠만 한 사람도 없지 않겠어요?」

그간, 아이들을 맡아 키우는 처제의 입장만 생각했다.

하지만 맡겨진 아이들의 입장은 생각지 못했다.

아무리 처제며 최 서방이 아이들을 아끼고 사랑해 준다고 하더라도, 결국 애들에게는 남이었다. 결코 부모의 대체재는 되지 못한다.

그리고 분명, 아이들은 저들 스스로 민폐를 끼치지 않으려 눈치를 보아 왔을 것이다.

「울었단 거예요. 혼자. 베갯잇에 소금기가 남은 거죠.」

언젠가는 아빠가 데리러 올 날을 기다리면서, 말썽 부리지 않는 착한 아이로.

　방금 전 둘째의 응석도 자신 앞이기에 하는 것일 터.

　그제야 처제가 했던 그 말들이 뒤늦게나마 가슴 한 곳에 비수처럼 꽂혔다.

　'나 원. 애들 앞에서 못 보일 꼴을 보이고 말았군.'

　배성준이 쓴웃음을 지었다.

　"신경 쓰지 마. 바쁜 거 아니야."

　"······정말요?"

　일찍 철이 들어 의젓하다고만 생각했던 첫째의 표정마저 화색이 돌기 시작했다.

　"그래. 방금 그 사람은 매번 귀찮은 부탁을 해 오는 사람이란다. 무시해도 돼."

　"히히······."

　첫째가 웃었고, 둘째는 그것 보라는 식으로 첫째의 팔을 툭 쳤다.

　"거봐, 형아도 좋으면서."

　"······누가 싫댔니?"

　금세 다시 또 재잘거리는 아이들의 목소리를 들으며, 배성준은 운전대를 꾹 쥐었다.

　결심을 마쳤다.

아침부터 터진 폭탄으로 전국이 들썩이고 있었지만, 그럼에도 일상은 변하지 않는다.

아니, 최소한 나를 둘러싼 내 회사와 그 주변에서만큼은 어디까지나 별거 아닌 가십, 자신과 별 상관 없는 충격적인 뉴스일 뿐이었다.

"아침부터 난리도 아니던데."

사장실 소파에 다리를 꼬고 앉은 김민혁은 로스트 빈에서 사 온 아메리카노를 홀짝이며 혀를 끌끌 찼다.

"형도 뉴스 봤어요?"

그러는 나도 김민혁 앞에서는 남 일 이야기하듯 그 말을 받았지만.

"봤지. 암. 나 원, 대한민국이 어떻게 될지……."

특히 김민혁은 내 중진 임원 중 한 사람이었음에도 그간 내가 생고생해 온 건 모르고 있었다.

"아참, 민정이 말로는 너, 오늘 TV에 나온 검사님이랑 좀 친하다면서?"

"……예?"

"야, 야. 나도 나름 정보가 있다, 이 말이야."

김민혁이 씩 웃었다.

"내 동생 말을 빌리자면 '그 여우 같은 계집애'가 김보성 검사 따님이라던데? 또, 그 아드님이랑은 전교회장 자리를 두고 경쟁했던 사이고."

"아."

난 또, 뭔가 했네.

"뭐어, 어느 정도는요. 어쩌다 보니 셋이서 밥 한 끼 함께 했죠."

정확히는 파리 파네의 빵이었지만.

"이야, 우리 사장님 제법인데. 검사님이랑 인맥도 타고. 이러다가 정치인도 알고 지내는 거 아닐까 몰라."

아, 예. 사실 여당 대표님과도 자리를 함께한 적이 있습지요.

심지어 어제저녁은 안기부 사람이랑 먹었고.

"그런데."

김민혁이 눈을 가늘게 뜨고 나를 보았다.

"혹시, 설마 그런 건 아니겠지?"

"뭐가요."

"뭐긴⋯⋯. 그 집안이랑 조금, 뭐, 사적으로. 그렇고 그런."

"⋯⋯절대 아닙니다."

나는 혹시나 나올지 모를 추문을 단호하게 부정했다.

"그날은 김보성 검사님께서 우연히 학교로 오셔서, 자연스럽게 동행했을 뿐이에요."

"……그래?"

김민혁은 미심쩍다는 듯 말꼬리를 올리며 커피를 한 모금 마셨다.

"하지만 왠지 그 자리에서 너한테 이것저것 물어봤을 거 같은데. 최소한 나라면 그럴 거야."

그야, 이것저것 묻긴 했지. 김민혁이 생각하는 것과는 많이 다르지만.

"뭐, 그렇긴 합니다만 형이 생각하는 건 아닙니다."

"뭐였는데?"

거 귀찮게.

"공적 영역의 대화였어요. 뭐, 그분도 우연히 들렀다고는 말씀하셨지만, 실은 아마 저한테 수사 관련해서 여쭤볼 게 있었던 것 같았고요."

내 대답에 김민혁이 자세를 고쳐 앉으며 커피 잔을 탁자에 내려놓았다.

"오늘 뉴스에 나온 거 말이야? 그걸 너한테 물을 게 뭐가 있어서?"

"음……. 조금 복잡하긴 한데, 형도 알아 두시면 나쁘지 않겠네요."

나는 김민혁에게 김보성과 나눈 대화를 가공해 그 일부를 들려주었다.

"허어, 그거참."

김민혁이 턱을 긁적였다.

"하긴, 우리가 요한의 집에 후원하는 거라든가 하는 건 조금만 뒤져 봐도 나올 이야기니까. 그나저나 우리한테 불똥 튈 일은 없겠지?"

"그럼요."

"확실해?"

나는 재차 고개를 끄덕였다.

"네. 사실 따지고 보면 저희 회사랑은 별 관계없는 이야기잖아요? 설령 조사가 나온다고 해도 떳떳하게 협조하면 될 일이에요."

"흐으으음."

김민혁은 생각에 잠긴 얼굴로 커피를 한 모금 홀짝였다.

"좋아. 아무튼 네가 그렇다고 하니 머릿속에 넣어는 둘게. 다만 방금 네 이야기를 듣고 생각난 게 있는데."

김민혁이 몸을 앞으로 기울이며 말을 이었다.

"나한테 일 하나 맡겨 주면 안 되겠냐?"

"……일이요?"

"응. 아예 이 기회에 새마음 어쩌고 하는 재단을 가져올 수 있지 않을까 해서. 어때?"

"……"

이휘철도 그렇고, 내 주변엔 왜 죄다 이런 사람들뿐일까.

'……뭐, 조광을 아예 집어삼키려던 이휘철보단 낫지만.'

잘만 하면 명분도 생기겠고.

"저번부터 쭉 보아 왔지만, 상당히 빈틈이 많더라고."

김민혁이 말을 이었다.

"누구더라, 구봉팔이라는 이름이었나? 알아보니까 조광의 임원으로 재직 중이던데…… 아무튼 그 사람도 이제는 정화물산 소속이 아니니까, 이 기회에 재단 후원 업체인 우리 회사에서 재단 이사 임명권을 주장하면 그것도 가져올 수 있지 않겠어?"

김민혁의 노림수가 뭔지 알 듯했지만, 나는 모른 척하며 물었다.

"즉, 조광이 정신없는 틈을 타 새마음아동복지재단을 저희 거로 가져오자는 말씀이죠?"

김민혁이 씩 웃으며 손가락을 튕겼다.

"빙고. 안 그래도 그쪽 지분이 꼬여 있다는 걸 쭉 눈여겨봤거든."

그간 새마음아동복지재단은 조광이 쥐락펴락하며 자금 세탁 용도로 쓰던 곳이었지만, 엄밀히 말해 조광의 소유물(법적으로는 여느 재단도 마찬가지겠으나)이 아니었다.

새마음아동복지재단의 설립자는 정화물산의 선대 사장인 정기환이었다.

그 선대 사장인 정기환이 음주운전 사고로 사망한 뒤, 회사는 차남인 정이수가 승계하게 되는데…….

'그야말로 바지사장이지.'

정이수가 사장으로 앉은 정화물산은 구봉팔이 있던 조광의 자회사인 광화상사를 인수합병하면서 덩치를 키웠지만, 실제론 광화상사가 정화물산을 장악한 상태로 정화물산은 그 이름만 남았을 뿐이란 건 알 만한 사람은 다 아는 이야기다.

'그때 구봉팔은 정화물산의 상무로 임명되면서 새마음아동복지재단의 이사장을 겸하게 되었고.'

그러니 실질 지분을 차지하고 새마음아동복지재단은 명실상부 정화물산 휘하의 재단이었고, 최근에는 구봉팔이 조광에서 승진하면서 정화물산의 상무 직책을 사임, 새마음아동복지재단의 지분이 꼬이게 된 것이다.

거기서 새마음아동복지재단의 공식 후원 업체이자 거기에 막대한 기부금을 유치하는 우리 회사 입장에서는 경영상의 투명성을 주장하며 이사장을 갈아 치울 권한이 있었다.

김민혁의 논리는 그럴듯했고, 조광이 제 발등에 떨어진 불을 끄느라 정신없는 틈을 노려 봄 직하단 생각에도 미쳤으리라.

다만, 그건 어디까지나 조광이 '일반적인 회사'일 경우에 한한다.

'김민혁도 얼추 새마음아동복지재단에 구린 냄새가 난다는 건 눈치챈 모양이지만, 정작 조광이 어떤 곳인지는 간과한 것 같군.'

남들도 '못 건든' 거지, 몰라서 안 건든 게 아니다.

'뭐, 그렇게 따지면 우리도 '일반적인 회사'는 아니지만.'

나는 시치미를 떼며 어깨를 으쓱였다.

"하지만 그렇게 되면 조광이 언짢아하지 않겠어요? 새삼스러운 이야기지만 정화물산은 사실상 조광의 자회사나 다름없는 곳이고요."

"아니, 오히려 반기지 않을까?"

내가 떠본 말을 간단히 부정한 김민혁이 커피를 한 모금 마셨다.

"오히려 지금 상황에선 조광도 새마음아동복지재단을 끊어 내고 싶을걸."

자신만만한걸.

설마 김민혁은 재단에 도는 회계상의 허점을 발견한 건가.

김민혁이 눈을 반짝였다.

"분명 이제부터 검찰 측이 이런저런 조사를 실시할 텐데, 이제부터 그들은 하나둘 꼬리를 자르려 하겠지. 더군다나 우리는 어디까지나 후원자의 입장에서 재단의 경영 투명성을 두고 정당한 요구를 할 뿐이야. 명분도 충분하니 저쪽도 못 이기는 척하면서 재단을 내놓을 수밖에 없을걸. 어때?"

흐음.

'하긴, 지금은 조광이 한창 예민할 때이긴 하지만, 그 점을 파고들어 정화물산과 새마음아동복지재단을 건드려 수작을

부려 보겠단 건 해 볼 만해.'

이건 구봉팔 입장에서도 자신에게 가해질지 모를 약점을 제거하는 일이었다.

'조광을 삼키는 건 위험하지만, 그들이 의도적으로 흘리고 다니는 떡고물은 챙겨도 괜찮다, 이거지.'

나는 고개를 끄덕였다.

"알겠습니다. 이건 형에게 맡길게요."

김민혁이 씩 웃었다.

"오, 말이 좀 통하는데."

"단."

나는 그 일에 앞서 단서를 붙였다.

"새마음아동복지재단은 그대로 놔두는 것이 조건입니다. 저희 회사 재단이랑 합치는 건 안 돼요."

"……응? 왜?"

이유는 구봉팔을 비호하기 위함이지만.

"자칫 회계가 섞일 수도 있으니까요. 잘못하면 저희 쪽 재단에도 불똥이 튈 수 있으니 일단은 언제든 털어 낼 수 있게 법인을 분리해 두잔 거죠."

내가 들이댄 명분도 그럴듯한 것이었다.

'그러잖아도 지금 한창 박상대의 재산을 조사하는 중이니, 그 계좌에 돈을 풀던 새마음아동복지재단의 존재도 자연스레 수면 위로 떠오르게 될 거야.'

이때 덤터기를 쓰는 건 정화물산이 될 테고.

김민혁이 고개를 끄덕였다.

"음. 하긴, 정말로 새마음아동복지재단이 비리와 연루되어 있다면 이쪽도 귀찮아지니…… 알았어, 그렇게 하지."

그렇게 말한 김민혁이 픽 웃으며 나를 보았다.

"그나저나 제법이다? 많이 해 본 솜씨인데?"

물론 많이 해 봤지.

전생에.

나는 미소를 지었다.

"그럴 리가요. 어디까지나 안전상의 보험이죠."

"하긴, 너나 나나 회사 일 시작한 지 얼마 되지도 않았는데, 뭐."

김민혁은 후루룩 커피를 마신 뒤, 빈 종이컵을 테이블로 올려놓았다.

"그러면 슬슬 움직여 볼까……. 아, 맞다."

김민혁이 소파에서 몸을 일으켰다.

"애당초 이걸 전하러 온 거였는데, 깜빡했네."

그냥 시간 때우러 온 게 아니었나.

"뭔데요?"

"우리 집안 모임. 조만간 모이기로 했어."

김민혁이 씩 웃으며 나를 보았다.

"잊은 건 아니지?"

"물론 기억하고 있습니다."

"그러면 됐고. 그러잖아도 너 보고 싶단 사람이 줄을 섰으니, 각오는 해 두는 게 좋을 거야."

김민혁은 빈 종이컵을 챙겨 사장실을 나섰다.

"가 볼게. 수고해라."

"예."

달각.

김민혁이 나가고 난 텅 빈 사장실에서 나는 책상 앞 의자에 등을 붙였다.

'김민혁도 눈치를 챌 정도라니, 조광도 슬슬 끝이 보이는 걸.'

지금부터 조광은 꼬리 자르기에 들어갈 것이다.

그 과정에서 조광에 균열이 가해질 것임도 분명해 보였다.

'어느 정도는 계획대로야. 하지만 내가 계획한 것보다 더 개판이 되어 가고 있군.'

당초 계획했던 건 조세화를 이용해 그녀가 물려받을 지분을 공고히 묶어 두는 것뿐이었다.

전생의 조세화는 자신이 상속받은 재산을 고스란히 조설훈에게 가져다 바치는 것으로 조설훈의 승계를 공고히 해 주었지만, 이번엔 그녀가 책임지는 자회사가 설립되어 이를 섭사리 양도하거나 처분하지 못하게 되었다.

그것만으로도 조광은 힘을 잃고 분열의 조짐이 생길 것이지만, 조세광이 감방에 들어가는 건 예상치 못한 수확이었다.

'이대로 감옥에서 푹 썩어 주면 좋겠지만 그건 힘들겠지. 기껏해야 10년 안팎의 형기를 마치고 나오는 게 최선이고.'

하지만 그 정도로도 충분하다.

조세광이 조설훈의 사업을 물려받을 리는 없게 되었고, 그는 팔다리가 잘린 채 조용히 살아가게 되리라.

'여기서 우리가 새마음아동복지재단을 관리하에 두게 되면, 그걸 이용해서 조세화와 구봉팔에게 간섭할 명분도 생기게 되지.'

이번 일로 조광은 한 차례 위기를 겪게 되겠지만, 상장폐지가 되지는 않을 것이다.

저래 봬도 조광은 자본이 탄탄하고 인적 자원의 받침도 좋다. 기술 기업이 아니니 경쟁사에 의해 시장을 잡아먹히는 일도 없을 것이다.

다만 그렇기에 조성광의 카리스마가 사라지는 직후 분열은 피할 수 없다.

'기껏해야 채권으로 발을 묶는 정도겠지만, 그것도 명분일 뿐이야.'

그뿐만이 아니다.

지금은 조세광이 저지른 살인 하나만으로도 발등에 불이 떨어진 조광이지만, 박상대에 대한 후속 수사도 끊어지지 않았으니 잘만 하면 사체 유기 등의 혐의를 적용해 조설훈까지 끊어 낼 수 있을지 모른다.

'아마 조지훈도 그걸 기대하고 있을 거야. 조설훈도 그걸 염려하고 있겠고.'

이래서 형제간에는 우애가 좋아야 하는 법이다. 내부의 적만큼 곤란한 건 없으니까.

'……내 경우는 아직 괜찮은 편이지.'

아직은.

이희진은 둘째 치더라도 전생에는 없던 이하진, 이유진 두 쌍둥이 동생의 입장도 고려를 해야 했다.

'되도록이면 경영에 관심이 없는 아이들로 무럭무럭 자라다오.'

부디, 다른 계통의 재능이 있길.

오전부터 갖은 집기를 집어 던진 탓에 조설훈의 사장실은 이렇다 할 가구며 장식, 제품도 없이 말끔했다.

뚝.

전화를 끊은 조설훈은 텅 빈 사장실 의자에 등을 기댔다.

'이놈이고 저놈이고 죄다 나를 우습게 아는군.'

그래도 자신의 호출을 무시한 배성준의 입장 자체는 참작을 해 줄 만했다.

다른 줄을 통해 알아본 바, 배성준이 속한 Y서는 감사가 들어와 정신이 없다고 했다.

어떻게 알아냈는지는 몰라도 아마, 배성준이 자신과 유착했단 냄새를 맡은 모양이었다.

아침부터 줄곧 흥분 상태여서 그런 것일까, 지금 조설훈은 다소간 맥이 빠진 상태에서 냉정하게 사고를 이어 가고 있었다.

아니, 스스로 그렇게 여기고 있을 뿐, 실제로는 편향적인 사고로 머릿속이 꽉 차 있었다.

'……설마 조지훈 그놈이 찌른 건가.'

그럴지도.

회의실에서 나눈 대화에서 조설훈은 조지훈이 경찰 내부에 내통자를 심어 두고 있다는 걸 확신 중이었다.

'처리할 게 산더미야.'

그러면서도 그는 배성준이 조설훈과 조지훈 두 사람 사이에서 줄타기 중이었다는 건 짐작하지 못했다.

'그래, 그동안 내가 너무 부드럽게 나갔어.'

그간 조성광이 해 온 성공 방정식을 곁에서 쭉 지켜본 조설훈은 지금의 실패에서 빠진 부분을 자신에게 부재했던 요소-본보기에 소홀했음을 자책하는 중이었다.

조광이 태생부터 이 자리까지 올 수 있었던 건 조성광의 공포 정치 덕분이었다.

조성광은 적에게 냉혹했다.

그는 자신의 의견을 따르지 않는 자에게 음습한 린치를 가했고, 그 결과를 보여 주는 일을 꺼리지 않았다.

하지만 시대가 달라졌고, 이제는 상황이 다르단 걸, 지금의 그는 생각하지 못했다.

더욱이 조성광의 주변에는 그를 위해 목숨까지 바쳐 가며 일할 사람이 있었다.

최소한 조성광은 손에 꼽을 만한 사람들에게는 제 잇몸처럼 잘 챙겨 주었으나, 조설훈은 그런 부하들이 어째서 그렇게까지 충성을 다해 주었는지는 고려하지 못했다.

그건 그저 돈만 쥐여 준다고 가능한 일이 아니었고, 연저지인(吮疽之仁 : 직접 부하의 고름을 빨아 줄 만큼 극진한 보살핌)의 수고로움을 감내해야 가능한 것이었음에도 조설훈은 거기까지 내다보지 못하였다.

아니, 조설훈에게는 그만한 충성을 바칠 부하가 없을 뿐만 아니라 그의 엇나간 사고를 바로잡을 직언을 날려 줄 만한 사람이 존재하지 않았다.

그랬기에 조설훈의 사고는 자충수를 향해 뻗어 나갔다.

'본보기를 보여 줄 만한 놈은 많지.'

오늘 자신에게 반기를 들었던 광금후.

그 광금후와 손을 잡은(것처럼 보이는) 조지훈.

감히 자신의 아들에게 구속영장을 날린 김보성 검사.

하지만 초장부터 그런 거물들을 건드려 리스크를 감수할 필요는 없었다.

잔챙이 한 놈만 족쳐도, 최소한 그룹 내 임원들은 알아서 길 것이다.

'……지동훈이라는 놈이랬나.'

어젯밤 이미 부하로부터 보고는 받았다.

경찰은 지동훈을 용의자로 확보한 듯하였고, 그로부터 '증언'을 따냈단 이야기가 조설훈의 귀로 들어왔던 터.

'지금 당장은 지동훈이라는 놈을 건들 수 없으니…… 그 주변을 손봐 줘야겠군.'

조설훈이 대포폰을 열었다.

4장

김보성의 브리핑 준비를 위해 철야로 꼬박 밤을 새웠지만 강하윤과 박순길, 정진건 세 사람은 쉴 틈도 없이 지동훈의 본가인 서울 교외의 어느 임대 아파트를 찾았다.

"……그러면, 우리 애가 지금 경찰서에 있단 말이에요?"

정진건이 사무적으로 고개를 끄덕였다.

"그렇습니다."

"어휴, 내가 못 살아!"

지동훈의 모친은 냉수를 벌컥벌컥 들이켰다.

지동훈의 부친은 바닥에 앉아 담배만 뻑뻑 피워 댈 뿐이었고, 그 모친이 대신해 대화를 이어 갔다.

"어디서 뭘 하는지도 모를 녀석이 경찰서에서 뭐, 증인 보호? 그런 걸 받고 있다니, 내가 이 나이에 이러려고……."

"시끄러."

지동훈의 부친이 신경질적으로 아내의 말을 끊었다.

"마음 같아선 호적에서 파 버리고 싶구마는. 임자도 신경 쓰지 마."

그가 담배꽁초를 재떨이에 비벼 껐다.

"거, 경찰 나으리들도 신경 쓰지 마쇼. 그놈 새끼, 이미 남이나 다름없는데."

지동훈의 부친은 재떨이에 가래침을 뱉었다.

"동훈이 놈이 이 집에 안 들어온 지도 몇 년째요. 거, 이제는 어차피 죽은 자식이다, 생각하던 놈인데 이제 와서 뭔……."

집안은 빈말로도 깔끔하게 정돈되어 있다고는 할 수 없었고, 낡은 에어컨은 청소된 흔적 없이 베란다 창문만 활짝 열려 있을 뿐이었다.

열린 창문 틈으로 자동차 소음이 들려왔다가 시나브로 사라졌다.

정진건이 경찰의 보호가 필요 없다는 가족을 설득하느라 곤혹스러워하는 사이, 현관문이 열리며 지동훈의 동생이 슥 빠져나갔다.

강하윤은 정진건의 시선을 받곤 눈치껏 그녀 뒤를 쫓아 연립식 복도로 향했다.

"어디 가니?"

"……바람 쐬러요."

지동훈의 동생은 신경질적으로 말을 받으며 따라붙은 강하윤을 힐끗 쳐다보았다.

"계속 따라다닐 거예요?"

"응."

"참 나."

그녀는 어처구니없다는 듯 구시렁거리며 엘리베이터에 탔고, 강하윤이 그 곁에 붙었다.

그녀가 1층 버튼을 누르곤 엘리베이터 벽에 등을 기댔다.

"언니도 경찰이에요?"

"응? 아, 응. 맞아."

지유진은 강하윤이 웃으며 건넨 손을 힐끗 쳐다보더니 슬쩍 손을 잡았다가 놓았다.

"강하윤이라고 해. 앞으로 잘 지내 보자."

"지유진이에요. ……그리고 별로, 잘 지낼 생각은 없어요."

지유진은 엘리베이터의 디지털 기호를 보며 건성으로 말을 이었다.

"방금 건 그냥…… 경찰의 보호를 받을지 안 받을지 결정이 안 됐단 의미에서 한 말이에요. 그러니까 신세 질 일도 없을 거 같고요. 신경 쓰지 마세요."

강하윤은 고개를 끄덕이며 '본성은 착한 아이구나' 하고 생각했다.

이윽고 엘리베이터에서 내린 지유진은 삼선 슬리퍼를 질질 끌면서 임대 아파트 놀이터로 가더니 그네에 앉았다.

"아, 진짜."

지유진이 머리를 벅벅 긁었다.

"아침부터 이게 뭐예요. 방학인데 진짜."

"미안, 방학인데 혹시 깨웠니?"

지유진이 입을 삐죽 내밀었다.

"그런 게 아니라."

지유진은 천천히 그네를 탔다.

"어차피 시내로 나갈 생각이었어요. 그런 집구석에는 있고 싶지도 않고……. 언니도 봤죠? 우리 집 에어컨도 안 틀고 있는 거."

지유진이 볼멘소리를 늘어놓았다.

"그거 고장 난 지가 언제인데, 필요 없다고 우겨 대는 통에 이 지경까지 온 거예요. 그냥 레코드 샵에서 죽치고 있으면 그게 더 시원하고."

지유진이 바닥을 찼다가 양발을 흔들어 슬리퍼 사이로 들어온 모래를 털어 냈다.

"만약 오빠가 가출을 하지 않았으면, 제가 했을걸요."

"……."

지유진이 힐끗 강하윤을 보았다.

"그러면, 경찰 보호를 받겠다고 하면 계속 붙어 있을 거예요?"

"으, 응. 아마도."

"그러면 슈퍼도 못 가고요?"

"으음, 정 필요하면 언니가 장 봐 올게. 필요한 거 있니?"

강하윤의 대답에 지유진이 픽 웃었다.

"됐어요. 그렇게까지 할 필요 있나, 뭐."

지유진이 한숨을 토했다.

"정말. 방학인데 어디 놀러 가지도 못하겠네. 친구도 못 만나고."

"……."

"우리 오빠 말이에요."

지유진이 어조를 바꿔 말을 이었다.

"이제 와서 가족인 척해 봐야 무슨 소용이에요? 밖에서 사고란 사고는 다 치고 다녔으면서……."

"……."

"……그래도 경찰이 오고 그럴 정도는 아니라고 생각했는데……."

지유진은 그네 손잡이를 꾹 쥐었다.

"있잖아요, 언니."

"응?"

"그…… 혹시 오빠 말고 다른 사람은 없었어요?"

다른 사람?

"수영 오빠요. 김수영."

"아…….."

강하윤이 김수영을 아는 눈치이자 지유진이 딱딱하게 굳은 얼굴로 물었다.

"……혹시 수영 오빠 감옥에 들어갔어요?"

강하윤은 어색한 미소로 대답을 거부했다.

'이 애, 김수영을 알고 있구나. 지동훈은 집안과 연락을 하지 않았다고 했지만, 동생이랑은 곧잘 연락을 이어 온 모양이야.'

하지만 김수영은 사실, 이미 죽고 없다.

강하윤은 김수영의 안부를 묻는 지유진을 보며 그와 친분이 있다는 걸 눈치챘지만, 차마 그 죽음을 알릴 수가 없었다.

그녀는 강하윤의 침묵을 오해하곤 입술을 잘근 깨물었다.

"뭐야, 진짜."

"……."

"……오빠가 증인 신청한 거, 수영 오빠예요? 수영 오빠 감옥에 넣으려고 한 거냐고요."

강하윤이 고개를 저었다.

"미안. 수사 중인 사안은 공개하지 못해."

"……체."

지유진이 그네에서 폴짝 뛰어내렸다.

"이것도 안 된다, 저것도 안 된다……. 그러면 저는 수사 끝날 때까지 집에 박혀 있어야 한단 거예요? 우리 부모님이랑?"

"……혹시 모를 위험을 대비해서, 그래야겠지."

"언니도 집에 있으려고요? 저 에어컨도 안 나오는 집에?"

강하윤이 쓴웃음을 지었다.

"그 정도는 아니고…… 만약 부모님께서 증인 보호를 받겠다고 하시면 차에서 대기할 거야."

"……그나마 낫네. 헐리우드 영화 보니까 뭐 신분증도 새로 나오고 그러던데, 그건 아닌가 보네요."

지유진은 반바지 주머니에 손을 찔러 넣곤 집 방향으로 휘적휘적 걸어갔다.

두 사람은 가는 길에 아파트를 나오는 정진건이며 박순길과 마주쳤고, 지유진은 둘의 눈치를 살피며 꾸벅 고개를 숙였다.

"들어가 볼게요."

지유진이 사라지고, 정진건이 강하윤에게 말을 건넸다.

"하기로 했어. 증인 보호."

"잘됐습니다."

곁에 선 박순길이 하품을 했다.

"하암, 뭐, 처음엔 뒤로 빼더니 보조금 이야기 나옹께 눈빛이 확 달라지드만. 세금이 좀 깎여 나가겠지마는 사람 사는 게 다 그런 거 아니겠소. 암, 원래 정부 돈이란 건 안 타 먹는 게 바보지."

정진건은 박순길의 냉소적인 평을 애써 무시하며 사무적 인 어조로 주머니에서 차 열쇠를 꺼내 강하윤에게 건넸다.

"그렇게 됐으니 지원 올 동안만이라도 지키고 있어."

"예, 선배님."

"아참, 강 형사 핸드폰 번호도 알려 줬으니까, 필요하면 응하고."

그 말에 강하윤은 쓴웃음을 지었다.

"……예."

순간 박순길의 하품이 옮았는지, 강하윤은 하품을 참느라 눈물이 찔끔 나왔다.

정진건은 그런 강하윤을 보며 피식 웃었다.

"교대 올 때까지만 참아. 정 뭣하면 잠깐 차에서 눈이라도 붙이고."

"아닙니다. 저도 박상대 쪽 서류나 검토하고 있겠습니다."

"……그래. 우리는 돌아가서 뒤처리 좀 할 테니까 강 형사 가 수고 좀 해."

"옙, 선배님."

박순길이 씩 웃었다.

"별일 없을 거요잉. 조설훈이가 정신이 나가 버리지 않는 이상 설마 증인 가족을 건들까."

"아닙니다. 만일을 대비해야죠."

"뭐어, 필요하믄 전화하구. 나도 핸드폰 장만했다 안 허요."

"예."

"그라믄 욕 보쇼잉."

이후 정진건과 박순길은 두런두런 이야기를 주고받으며 아파트 단지를 빠져나갔다.

강하윤은 그 두 사람의 멀어지는 뒷모습을 보다가 기지개를 쭉 켜곤 차에 올라타 챙겨 둔 서류를 집어 들었다.

'응, 별일 없겠지. 그래도⋯⋯.'

만에 하나라는 것도 있으니⋯⋯.

꿈뻑, 꿈뻑, 철야로 꼬박 밤을 새운 강하윤의 눈이 감겼다.

"예. 알겠습니다. 준비해 두겠습니다."

떨떠름해하는 얼굴로 조설훈의 전화를 끊은 심영한은 책상 앞에 앉아 잠시 생각에 잠겼다가 목소리를 높였다.

"야, 지동훈이 가족, 사진 가져와."

사무실—이라고 부르기도 민망한—소파에 앉은 부하가 만화책을 읽다 말고 고개를 쳐들었다.

"예?"

"못 들었냐? 지동훈이 가족 자료."

"아, 옙!"

부하는 심영한이 새삼 그걸 요구한 것에 당혹감과 염려, 의아함 등이 뒤섞인 얼굴로 일어섰다.

'……아, 이거 참.'

그러잖아도 어저께 장건후 그놈이 경찰에 체포되었다는 뒤숭숭한 이야기가 도는 마당이었는데, 오늘 아침은 더 심각했다.

그도 듣는 귀가 있고 보는 눈이 있으니 아침 내내 시끌벅적했던 뉴스를 모를 리 없었다.

그리고 지금 이 상황에 조설훈은 자신에게 한 가지 명령을 내린 것이다.

심영한은 손에 든 핸드폰을 초조하게 만지작거렸다.

'진짜로 하는 건가?'

조광도 엄연히 합법적인 기업으로 거듭난 지금, 심영한은 엄밀히 말해 조설훈의 심복이라 부를 위치의 인물은 아니었다.

하지만 그는 조설훈이 가진 비합법적인 대부 업체의 추심을 맡아 오며(그조차도 몇 년 전 금융실명제가 도입된 이후 예전처럼 돈놀이가 쉽지 않은 까닭에 업종을 변경해야 하는 건 아닐까, 고민하던 차였다) 갖은 일로 단련된 인물이기도 했다.

'그래도 그건 아니었어.'

그날 밤 조설훈이 자신을 호출한 것도 그런 까닭이었을 것이다.

몇 달 전.

조설훈의 연락을 받고 바삐 출동한 자리에서 그는 웬 낯선 여자의 '시체를 토막 내라'는 명령을 들어야 했다.

아무리 떳떳지 못한 세계에 몸을 담고 있다지만 시체를 처리, 그것도 시체를 토막 내라니.

지금은 이런저런 뉴스며 떠도는 소문으로 그게 (지금은 죽고 없는)박상대의 내연녀였다는 걸 알고 있었지만, 그때만 하더라도 심영한은 조설훈이 선을 넘은 줄로 알았다.

'그걸 다행이라고 할 수 있을지는 모르겠지만.'

당시만 하더라도 조직을 떠나야 하지 않을까 진지하게 고민할 정도였다.

'……그야, 이미 발뺌하기엔 늦었고.'

결국 당시 '이것만큼은 못 하겠다'는 부하를 협박해 가며 사체를 훼손했지만 차마 토막까진 내지 못했고, 현장을 참관하던 조설훈 역시 욕지기가 치미는 얼굴로 '신원을 알 수 있을 만한' 요소를 '배제'하는 선에서 타협을 보았다.

늦은 시간, 그들도 경황이 없었던 데다가 작업을 할 만한 장소며 도구도 갖춰지지 않았다는 점을 조설훈도 참작한 모양이었지만.

결국 시체가 발견되고 만 데다가 '과학수사'로 신원을 특정해 내기까지 했다.

'……뭐, 지금 와서 생각해 보면 토막을 쳤더라도 사장님이 한강으로 던져 버린 반지 때문에 뭐라도 꼬이긴 했을 거 같긴 한데.'

그래서 조설훈도 괜한 화풀이를 하지 않은 것이리라.

'그럴 만한 사람이 아니란 것도 있지만.'

심영한에게 조설훈이 다시 연락을 한 건 박길태가 죽고 얼마 지나지 않아서였다.

그래도 지난밤의 인연(?)이 있는데, 공치사로 던져 준 특별상여금이 아니라 좀 더 그럴듯한 자리 하나를 던져 주지 않을까 기대했던 것도 사실이다.

하지만 그때도 조설훈은 명령만을 했을 뿐이었다.

'지동훈 가족의 신변을 확보해 둬라.'

뭐, 지동훈 가족의 신변을 확보하는 일은 어렵지 않았다.

동사무소에 돈 몇 푼 쥐여 주면 박봉에 시달리는 공무원은 재깍 공문서 한 장을 떼 주는 법이다.

금융실명제가 도입된 이후 활동에 제약이 생긴 건 사실이지만, 그럼에도 몇몇 부분은 예전 방법도 통하기 마련이었다.

주소며 재직증명서 등을 챙기고 나면 남은 건 발로 뛰는 일뿐이다.

"여기 있습니다, 형님."

심영한은 담배를 꼬나문 채 부하가 찍어 온 사진을 살펴보다가 한 곳에 시선이 머물렀다.

지동훈의 동생인 지유진의 사진.

그때도 지동훈의 여동생인 지유진의 신원을 확보하는 일이 가장 쉬웠다.

심영한은 지유진이 다니는 학교의 학부를 알아내곤 그 뒤를 추적해 몰래 사진 몇 장을 찍었다.

그리고 심영한이 변호사에게 건넨 그 사진은 지동훈의 입을 다물게 하는 데 요긴하게 쓰였다고 했다.

그걸로 끝났으면 좋았을 테지만.

심영한이 지유진의 사진을 손가락 끝으로 툭툭 두드렸다.

"얘로 하지. 학교 근처에서 대기 타다가 봉고차로 이 년 실어 와."

부하가 머뭇거리다가 머리를 긁적였다.

"저, 형님."

"왜."

"학교 방학했지 말입니다, 형님."

"……."

이놈들한테는 열이면 열, 전부 떠먹여 줘야 말귀를 알아먹는 건가.

"휴우."

전예은은 차에 올라타자마자 한숨을 내쉬었다가, 아차 하며 사과했다.

"죄송해요, 이찬 오빠."

"아니야. 신경 쓰지 마."

강이찬은 읽던 책을 덮으며 미소를 지었다.

이성진의 짐작대로, 둘은 살짝 사적인 자리에서는 서로 오빠 동생하며 친하게 지내는 편이었다.

강이찬은 이성진의 운전기사로 고용된 몸이었지만, 이성진은 외부 활동이 잦은 전예은을 배려해 흔쾌히 차를 빌려주었고 잦은 만남은 곧 친분으로 이어졌다. 이성진이 강이찬을 경계해 그를 잘 불러내지 않는 것도 한몫했지만.

그래서 낯을 가리는 편인 전예은 역시도 강이찬만큼은 신뢰하며 조금씩 마음을 터놓곤 했다.

"잘 안 풀리는 모양이지?"

"……네. 1등이 눈앞인데, 번번이 고배를 마시고 있어요."

이런 식으로, 전예은은 강이찬 앞에선 별 의미 없는 우는 소릴 뱉을 때도 종종 있었다.

"흠."

강이찬이 백미러를 건들며 말을 건넸다.

"그래도 요즘 라디오에서도 종종 들리고, 성적도 꾸준히 상위권이지 않아?"

"아뇨, 1등이 아니면 안 돼요."

전예은의 대답에 강이찬이 피식 웃었다.

"의외네."

"네?"

"그런 건 사장님 입에서나 나올 말씀이라고 생각했거든."

전예은은 강이찬의 반응을 알면서도 쓴웃음을 지었다.

"……그런가요."

지금 그녀에겐 SBY를 가요 차트 랭킹 1위로 만드는 것이 가장 큰 과제였다.

그 일로 SJ컴퍼니의 천희수 실장 역시 물심양면으로 영업을 뛰고 있었지만, 어째 SBY의 인기는 정상에 닿을 듯 닿지 않을 듯 아슬아슬한 상태였다.

각종 방송에서의 노출도를 올리고, 예능 프로그램에도 출연하고 있었지만 어째서인지 '쿵따리 샤바라'만큼의 센세이셔널한 반응은 오지 않았다.

계산대로라면 SBY가 실패할 일도, 또 아이돌 그룹이라는 '시대를 개척'한 요소로 각광받을 요소가 많았지만 그럼에도 불구하고 하늘은 무심했다.

그건 SBY가 못나서도, 스캔들 같은 악재가 생겨서도 아니었다.

오히려 SBY는 신생 기획사에서 내놓은 신규 그룹(이젠 어엿한 2집 가수지만)치고는 선방하다 못해 훌륭한 성적을 거두는 중이었고, 인터넷에 개설한 팬 카페 회원 숫자도 늘어 가는 중이었다.

하지만 동시기, 좋은 곡을 소화하는 뛰어난 가수며 그룹이 너무 많다.

그래서 천희수는 '하늘은 왜 SBY를 내고 룰라, 김건모, 신승훈, DJ DOC, 클론을 낳았는가!' 하며 부르짖기도 했다.

공가희와 천희수의 프로듀싱도 수준급이었지만 솔직히 그들에 비하면 살짝 부족할 지경이었다.

사무실에서의 그 모습을 조금 한심하게 본 건 사실이지만, 이쯤 하니 전예은도 1위는 하늘이 내리는 건가, 하고 생각할 정도였다.

'룰라에 김건모, 신승훈, 저번 앨범 때 좋은 평가를 받았던 DJ DOC, 거기다가 쿵따리 샤바라를 가지고 온 클론이라는 신규 그룹까지…….'

어쩌면 훗날, 1996년 여름은 대중가요계에 한 획을 그은 한 해 중 하나로 기록되지 않을까.

이성진은 그런 걸 짐작이라도 한 듯 '이만하면 충분하다'는 식으로 나오고 있었지만, 그 앞에서 호언장담했던 자신의 신뢰도를 위해서라도 약한 소릴 할 수는 없었다.

'아니야. 이럴 때일수록 열심히 뛰어야지.'

전예은은 세차게 고개를 흔들었다.

"이찬 오빠, 다음 스케줄 장소로 이동해 주세요."

"응."

강이찬은 담담하게 기어를 넣었다.

"그러고 보니, 뭔가 이벤트를 한댔지?"

전예은이 고개를 끄덕였다.

"네. 게릴라 이벤트라고……."

"게릴라……?"

의아해하는 강이찬에게 전예은이 미소를 지었다.

"천 실장님 아이디어예요. 게릴라처럼 동에 번쩍 서에 번쩍 하면서 대중들과 직접 만나는 거죠. 그동안 너무 온라인에만 기댄 것도 있으니, 지금부터라도 대중들에게 가까이 다가가려고요. 저 역시 이제 방학과 휴가 시즌이니 충분한 화제 몰이도 가능할 거라고 생각하고요."

"……흠."

강이찬은 이번에도 의미를 알려 주는 전예은의 대답을 들으며 고개를 끄덕였다.

듣고도 완벽하게 이해는 안 되지만, 기특한 아이니까 모쪼록 잘됐으면 하는 바람을 담아 강이찬은 부드럽게 차를 몰았다.

우우웅!

강하윤은 안주머니에서 울리는 핸드폰 진동에 깜짝 놀라 눈을 떴다.

'아차!'

깜빡 졸았다.

스릅.

허둥지둥 얼른 입가에 침을 닦은 강하윤은 반사적으로 시계를 보곤 조금 안도했다.

20분가량 존 듯했다.

"에구구."

황급히 서류를 살폈지만, 다행히 서류에 침을 흘리지는 않았다.

우웅!

그 와중에도 핸드폰은 계속 울려 대고 있었다.

강하윤은 자세를 바로 하곤 목소리를 가다듬은 뒤, 전화를 받았다.

"예. 전화 받았습니다."

-강하윤 형사님이죠?

누군가 했더니 지동훈의 모친이었다.

"예, 무슨 일이십니까?"

-그게, 장을 봐야 하는데 집 밖을 나설 수가 있어야죠.

뭔가 했더니…….

강하윤은 쓴웃음을 지었다.

"필요한 게 있으면 말씀하십시오. 제가 사 가겠습니다."

-진짜죠? 그러면…….

지동훈의 모친은 기다렸다는 듯 상품 목록을 쭉 불러 댔다.

-……라면이랑 냉동만두하고……. 또 뭐 필요해요? 아, 맞아. 세제랑 수세미, 그리고 빨래 세제. 세제 상표는…….

아무리 국민의 지팡이를 자처하고 있다지만, 이건 완전 심부름꾼으로 부리네.

강하윤은 떨떠름해하는 얼굴로 쇼핑 목록을 받아 메모했다.

"……더 필요한 건 없으십니까?"

상대방은 더 필요한 게 없는지 필사적으로 고민하는 듯했고, 잠시 후 말을 받았다.

-일단은 그거면 됐어요.

일단은, 이라.

"알겠습니다. 곧 찾아뵙겠습니다."

딸각.

폴더를 닫은 강하윤은 한숨을 내쉬며 운전대에 머리를 기댔다.

"휴우, 너무하네, 정말."

안 그래도 동기 중엔 악성 민원에 시달리는 친구들이 많다고 들었는데.

그래도 언짢은 기분 덕에 잠기운은 달아났다.

'잠시 비워도 별일 없겠지?'

아파트를 힐끗 쳐다본 강하윤은 오는 길에 봐 뒀던 아파트 상가 슈퍼마켓을 떠올리곤 시동을 걸었다.

"끙."

목록이 많다 보니 제법 오래 걸렸다.

강하윤은 양손 가득 터질 듯한 비닐봉지를 들고 낑낑거리며 아파트로 향했다.

띵동.

벨을 누르고 잠시 기다리고 있으니 지동훈의 모친이 문을 열었다.

"늦었네요."

"……죄송합니다. 부탁하신 물건이 많아서요."

"짐은 부엌 안쪽에 놔 주세요."

"……."

대체 어디까지 부려 먹는 거야.

강하윤은 언짢은 기분이 표정에 드러나지 않게끔 애써 미소를 지었다.

"예."

강하윤은 지저분한 부엌 안쪽에 짐을 내려놓은 뒤, 굽은 허리를 폈다.

"수고했어요."

"아닙니다. 아, 그리고 여기 영수증입니다."

강하윤이 영수증을 내밀자 여자는 움찔하더니 눈을 껌뻑였다.

"예?"

"……."

당황하긴 강하윤도 마찬가지였다.

'설마, 이 모든 걸 경찰이 낼 거라고 생각한 건가? 그래서 굳이 당장 필요한 것도 아닌 물건을 이 기회에 사 오라고 시킨 거고?'

지동훈의 모친이 한 걸음 물러섰다.

"아니, 그런 게 어디 있어요! 우리가 누구 때문에 지금 집에 갇혀 있는데."

강하윤의 생각이 틀리지 않은 듯했다.

"게다가, 이거 전부 저 앞에 슈퍼에서 샀죠? 거기가 얼마나 비싼데, 거기 걸 사 와서는. 전부 다 환불해 오세요!"

"……."

강하윤이 욱하는 걸 참고 있으려니 안쪽에서 지동훈 부친의 목소리가 들렸다.

"아, 그러게 이 여편네야, 내가 안 된다고 했잖아!"

"아니, 당신도 담배 사 오라고 해 놓고는 왜 모른 척 발뺌이에요?"

"내가 뭐? 오는 김에 사 오면 좋겠다고 했던 건데? 아무튼 여편네 생각하는 거 하고는. 니가 이러니까 집구석이 이 모양 이 꼴인 거 아니야!"

"지금 말 다 했어? 당신이 보증만 안 섰어도 내가 이 거지 소굴에서 안 살았어! 내가 못 살아, 정말, 아이고, 진짜!"

……저러니, 집을 안 나가고 배기나.

강하윤은 무표정한 얼굴로 현관 근처 닫힌 방문을 보았다.

'부부싸움이 흔한 모양이지? 저 애는 한 번 나와 보지도 않네……'

순간, 강하윤은 불길한 예감에 휩싸였다.

"따님은 어디 있습니까?"

강하윤의 말에 여자가 눈을 흘겼다.

"지금 무슨 소리예요?"

"유진이 말입니다."

강하윤의 어조가 심상치 않자, 여자는 날 선 목소리 톤을 조금 고쳤다.

"……아까 둘이 같이 나간 거 아니었남?"

"……."

"에이, 돌아와서 방에 있겠죠, 뭐. 애, 유진아!"

대답이 없다.

강하운은 성큼성큼 걸어가 지유진의 닫힌 방문을 왈칵 열었다.

"……."

SBY의 포스터가 붙어 있는, 불 꺼진 어둑한 방은 텅 비어 있었다.

다 우습고, 한심했다.

'경찰이 뭐야.'

지유진은 털레털레 발걸음을 옮겼다.

'쓸데없이 난리나 피우고. 그 바보 같은 오빠 때문에.'

지동훈이 가출한 건, 고등학교 재학 시절 자퇴서를 냈단 말에 아버지로부터 뺨을 세차게 맞은 직후였다.

「이놈이 그런 출신도 모를 놈을 따라서? 친구가 죽자면 죽을 놈이구나, 오냐, 가라! 이 집에서 나가! 꼴도 보기 싫다!」

그 뒤 지동훈은 집과 연락을 끊었지만, 지유진과는 몰래 —아마 부모님도 아실 거라고 생각했다—연락을 이어 왔다.

더욱이 지동훈은 언젠가 비싼 옷을 차려입고 나타나 잰 체하며 떵떵거리더니, 그 뒤부턴 이따금 짧게 만날 때마다 용돈을 듬뿍 주기까지 했다.

집에서 이렇다 할 용돈을 받지 않는 지유진으로서는 그게 고마우면서도, 그 출처 모를 돈을 받는 것이 께름칙한 한편, 그런 오빠를 조금 한심하다고 생각했다.

그렇게 생각 없고 바보 같은 오빠였지만, 그 곁에 김수영이 있으니 괜찮을 거라고 여겼다.

하지만 지동훈은 어느 날 갑자기, 한동안 연락이 뜸해지더니 전화도 받지 않게 되었다.

그게 불과 몇 주 전.

그러더니 경찰이 찾아와 김수영이 감옥에 들어갔고—지유진은 그렇게 어림짐작하고 있었다—지동훈은 경찰서 증인이 되어 있다는 이야기를 전해 주었다.

게다가 그건, 어쩌면 김수영이 지었을지도 모를 죄를 확실하게 만들기 위한 증언일지도 모를 마당에.

'그 겁쟁이 오빠라면 그럴 수 있어.'

김수영에게 남몰래 호감을 품고 있던 지유진은 짜증이 치밀어 올랐다.

'진짜, 뭐냐고.'

지유진은 눈가를 훔쳤다. 이 상황이 답답해서인지, 화가 났는지, 김수영이 잘못된 것이 슬퍼서인지, 그녀 스스로도 이유를 알 수 없는 눈물 한 방울이었다.

이런 날, 집에 틀어박혀 있다간 미칠 것 같았다.

그래서 지유진은 집에 들어간 척, 주위를 살폈다가 강하윤이 차에 들어가는 걸 보곤 몰래 발길을 옮겼다.

홧김에 나와서 반바지에 슬리퍼 차림이었지만 지금 그녀는 그 정도, 꾸미지 않은 것쯤은 아무렇지 않게 여길 수 있었다.

'어차피 변변한 옷도 없고.'

지동훈으로부터 연락이 끊긴 몇 달간, 모아 둔 돈도 갑자기 커진 씀씀이를 감당하지 못하고 사라진 상태.

강하윤 앞에서는 '친구도 못 만나겠다'며 볼멘소리를 섞어 허세를 부렸지만, 돈이 없으면 친구들을 만나지도 못하는 것이다.

지유진은 그녀가 어울리던 그룹이 여름방학을 맞아 바닷가며 계곡으로 놀러 갈 계획을 짜는 동안 침묵해야 했다.

'모자라도 쓰고 나올걸.'

곧 큰 비가 온다더니 웬걸, 여름 햇볕이 뜨거웠다.

'차라리 잘됐어. 우산도 없잖아.'

그러며 시내로 향하는 버스에 올라탄 지유진은 후덥지근한 바람이 불어오는 차창에 머리를 기댔다.

"형님, 쟤 아닙니까?"

부하의 말에 심영한은 손에 든 사진과 버스에 올라타려는 반대편 차선 여자애를 번갈아 보았다.

"어, 그런 거 같은데? 방향 돌려."

아파트 단지로 들어가려던 승합차가 곧장 크게 유턴을 했다.

끼이익!

그 관성으로 뒷좌석의 심영한을 비롯한 부하 여럿이 몸을 휘청하고 만 건 그야말로 자연스러운 일이었다.

이놈이 진짜.

"야, 이 새끼야! 천천히 몰아! 너무 노골적으로 쫓아가면 들키잖아!"

"죄송합니다."

한 차례 신경질을 낸 심영한이 혀를 찼다.

"됐고, 저 버스나 쫓아. 천천히."

"옙!"

심영한은 뒷좌석에 등을 기댄 채 팔짱을 꼈다.

차라리 잘됐다.

아니, 이건 운이 좋다고도 할 수 있는 정도였다.

아무리 불법 대출 추심을 밥 먹듯 해 온 그라 할지라도, 채무 관계가 얽히지 않은 생판 남의 집에 쳐들어가는 건 꺼려지는 일이었다.

어차피 대포 차량인 데다 적당히 번호판을 갈아 끼우면 된다지만, 아파트 단지가 소란스러워지면 누군가가 신고할 가능성도 높아지기 마련이다.

하지만 그 어느 이해관계도 없는 사람들이 부대끼는 시내라면, 재빨리 승합차로 사람을 납치하는 것이 그나마 성공 확률도 높다.

'어쩌면 이번에야말로 줄을 탈 수 있게 될지도 모르고.'

조설훈이 그의 궂은일을 도맡아 온 자신에게 자리를 마련해 주지 않은 건, 그럴 경황이 없어서일 것이다.

송충이는 솔잎을 먹어야 한다.

조설훈의 말마따나 이번 일로 '본보기'를 보여 준다면, 지금의 밍숭맹숭한 조광이 아닌 선대의 조광도 건재하다는 걸 보여 줄 절호의 기회이기도 했으므로.

'······몇 놈은 감방에 갈지도 모르지만.'

자신을 대신해 감방에 들어갈 부하는 충분하다.

멍청하긴 하지만, 오히려 멍청하기 때문에 충성을 바치는 것이다.

'쥐구멍에도 볕 들 날은 오는 법이지.'

심영한은 히죽 웃으며 자세를 바로잡았다.

'오늘부로 나는 조설훈의 오른팔이 되는 거야.'

5장

강하윤은 핸드폰을 얼굴과 어깨 사이에 끼운 채, 가속 페달을 밟았다.

스스로도 목적지를 모른 채였지만, 지금은 일단 움직이지 않고는 배길 수 없는 기분이었다.

기분 탓일까, 이 일을 단순히 넘겨 버리기엔 왠지 좋지 않은 예감이 들었다.

뚜르르.

몇 차례 신호가 가고 상대가 전화를 받았다.

-예, 정진건 형사입니다.

"선배님, 죄송합니다!"

강하윤의 말에 수화기 너머 정진건은 잠시 뜸을 들였다가 말을 받았다.

─무슨 일이야?

강하윤이 아랫입술을 잘근 깨물었다.

"저, 유진이를 놓쳤습니다. 그게, 제가 깜빡 존 탓에……."

─……진정하고 속으로 셋까지 세.

정진건의 딱딱한 목소리에 강하윤은 움찔했지만, 시키는 대로 했다.

"……셌습니다."

─진정했어?

"예."

─그러면 차근차근 말해 봐. 유진이라는 건 그 집. 지동훈의 여동생인가?

아무리 다급했다지만 그런 기본적인 것조차 밝히지 않았다니.

"……예."

─그 애가 사라진 건 언제 알았지?

"그게……."

강하윤은 정진건의 지시를 따라 묻는 말에 대답했다.

─그렇군.

정진건은 현장에서 납치된 게 아니라는 걸 알았으니, 강하윤의 걱정도 기우로 그치길 바라며 차분하게 말을 이었다.

─그러면 혹시 어디 가겠단 말은 하지 않았나? 친구 집이라든가. 짐작

가는 곳 아무 곳이나.

순간, 강하윤의 머릿속에 지유진이 했던 말이 퍼뜩 떠올랐다.

「어차피 시내로 나갈 생각이었어요. 그런 집구석에는 있고 싶지도 않고…….」

강하윤이 재깍 대답했다.

"레코드 샵입니다."

—레코드 샵? ……좋아. 그러면 가까운 시내부터 찾아봐. 오다가 보니까 근처에 버스 정류장이 있더군. 아마 버스를 탔을 거야.

강하윤은 재빨리 차창 밖을 훑었다.

"아, 예. 버스 정류장. 찾았습니다."

—노선부터 찾아. 집에 돌아오지 않고 움직였다면, 아마 멀리 떨어진 곳을 가지는 않았을 거다.

"예."

조금씩 희망이 보이는 듯했다.

재빨리 차를 돌려 버스 정류장 근처에 차를 댄 강하윤은 얼른 버스 노선을 살폈다.

"확인했습니다. 현재 노선에서 가장 가까운 번화가는……."

마침 해당 번화가는 지유진이 다니는 고등학교와도 멀리

떨어지지 않은 곳이었다.

만약 지유진이 간다면, 이쪽일 것이다.

강하윤의 추리를 들은 정진건이 흔쾌히 말을 이었다.

－좋아. 그럼 그쪽으로 가라.

"예, 곧바로 출발하겠습니다."

－신경 쓰지 마. 우리도 그쪽으로 갈 테니까, 거기서 보지.

"예, 선배님!"

전화를 끊은 강하윤은 얼른 차에 올라타, 어리둥절해하는 시민들을 뒤로하고 차를 몰았다.

SBY 멤버들이 올라탄 커다란 벤 운전석의 천희수는 고개를 돌려 뒤에 몰려 앉은 SBY 멤버들을 살폈다.

그들은 이른 아침부터 코디네이터의 분장을 받아 둔 상태였다.

"슬슬 다 왔어. 준비됐지?"

오늘 있을 게릴라 이벤트의 기세를 이어 가기 위해서라도 첫 단추를 잘 꿰는 것이 중요했다.

천희수의 말에 리더인 찬성이 씩 웃었다.

"당근이죠."

그러면서 찬성은 나머지 멤버를 보았다.

"너희들도 준비됐지?"

찬성의 말에 저마다 고개를 끄덕이거나, 물론, OK, 응, 하는 식으로 대답했다.

얼핏 보면 따로국밥처럼 보이지만 보기와 달리 결속은 단단했고, 예전부터 분위기 메이커였던 찬성은 리더 역할을 충실히 해내고 있었다.

'정말로 자리가 사람을 만드는 건가.'

전예은의 조언을 받아 당초의 신비주의 노선을 '의외성'에 집중해 변경하고 나니 멤버들에게선 이제 1집 당시의 '어딘가 2% 부족하던' 모습이 사라지며 각자의 개성이 뚜렷해졌다.

비주얼 담당이자 멤버 중 가장 인기가 많은 환희는 뛰어난 보컬 실력까지 갖췄음에도 어울리지 않게 과묵해 건방지다며 오해를 사기 쉬웠지만, 지금은 애묘인이라는 것이 알려지며 팬들 사이에선 '샤이 프린스(이 시대엔 걸핏하면 낯부끄러운 영어로 별명을 붙이곤 했다)'로 굳어져 여전히 인기몰이 중이었고.

매력적인 중저음 보컬에 기타 실력을 갖춘 강혁은 허세가 심한 데다 매사에 자신만만한 성격에 왕자병이란 비호감 요소가 각종 예능을 거쳐 '의외로 허당'이란 점이 팬을 끌어모았다.

교포 출신인 미키는 뛰어난 랩과 댄스, 리듬감이 장기였는데, 어느 날인가 리포터로 나가 외국인을 상대로 한 인터뷰에서 능숙한 영어 실력을 보이며 호감을 쌓더니 한국어를 열심히 공부하는 모습으로—무려 윤동주의 시를 읊었다—방점을 찍었다(그리고 이성진은 '이 친구만큼은 무조건 군대로 보내야 한다'고 첨언했다).

파워풀한 댄스가 강점이던 막내 지수는 그간 덩치와 외모에 어울리지 않는 미성이 콤플렉스였으나, 오히려 이 점을 파고들어 보컬에 적극 활용했더니 스스로 단점이라 여기던 부분을 장점으로 받아들이기 시작하며 낯가림이 사라져 갔다. 그러면서 간간이 보여 주는 막내다운 응석이 일부 계층에겐 각광받을 요소였던 모양인지 여기저기서 찬성 다음으로 예능 섭외가 들어오곤 했다.

서태지와 아이들을 보며 꿈을 키웠던 리더 찬성의 경우는 대중들에게 의외의 예능감으로 각종 예능 프로그램에서 물 만난 물고기처럼 활약하는 모습을 보여 주며 라이트한 팬층에게 인기몰이 중이었는데.

그런 모습이 대중들에겐 모종의—잘생기고 장난기 많은 성격이니 실력은 별로일 것이란—선입견으로 작용한 걸까, 이젠 아티스트적인 측면에서도 '의외로 괜찮다'는 평가가 나오며, 코어 팬들 사이에선 1집의 솔로 곡인 Midnight의 재평가가 이루어지기도 했다.

더군다나 2집 수록곡 중 일부는 (공가희의 도움을 받아)편곡에도 임하는 등, 소속사로선 기대하지 않던 찬성의 숨어 있던 내밀한 자질까지도 이끌어 내게 됐다.

한때는 '왠지 이도 저도 아닌 느낌'이란 정도로, 이렇다 할 특징이며 장점 없이 두루 무난하다는 느낌이었고, 그게 본인에게도 말 못 할 콤플렉스였던 모양이지만.

'지금은 그 부분도 떨쳐 낸 것 같고…… 저번에 2집이 무산되었을 때 폭발 직전이던 멤버들을 다잡은 것도 찬성 녀석의 공로였지.'

지금도 천희수는 이성진(전예은)의 한마디에 준비했던 앨범 계획이 무산되었을 때를 떠올리면 등줄기에 식은땀이 흐른다.

이성진에게 보고하지는 않았지만, 갈등이 최고조로 이르렀을 땐 그룹이 해산 직전까지 몰렸다.

뭐, 결국 정체 모를 악덕 사장(이성진)의 횡포를 향한 분노가 이들의 결속을 다잡기는 했지만, 그 부분은 이성진이 감내할 업보라고 여겼다.

하지만 인생사 새옹지마, 전화위복이라 했던가.

준비했던 2집을 갈아엎고 '1.5집 디지털 발매'라고 하는 이 시대엔 거의 찾아볼 수 없던 파격적인 마케팅 방식을 거쳐, 슬럼프를 극복한 공가희가 주도한 2집 앨범은 대중과 평론, 두 마리 토끼를 잡으며 좋은 평가를 받았다.

결과가 나오니 멤버들의 불만도 조금은 누그러졌다.

'그런데 왜 1등을 못 하냐고요!'

'객관적으로' 분석해서 전략도, 기획도, 실력도 모두 일류인데도 불구하고 최종 집계에선 번번이 1위를 놓치고 있다니, 이건 말 그대로 시대를 잘못 탔다고밖엔 할 수 없다.

그야 SBY는 분명 어디 내놔도 부끄럽지 않을 그룹이건만, 지금은 추후 대중 음악계에 한 획을 그을지도 모를 시대였다.

그나마 다행인 건 이성진이 SBY의 성적에 대해 왈가왈부하지 않는단 점이었다.

'물론 멤버들은 여전히 우리 사장님을 엄청 싫어하고 있지만…….'

정작 멤버들이 자신을 어떻게 생각한단 보고를 들은 이성진도 '그래요?' 하고 별 신경 쓰지 않는 모습을 보였을 뿐만 아니라, 오히려 전예은을 부추겨 자신을 내부 결속용 악의 축으로 삼도록 하란 말까지 했으니 오호통재라.

'……무슨 일이 있어도 저 녀석들이랑 사장님이 만나게 하면 안 되겠어.'

뭐, 그들과도 피차 엎어진 2집 앨범 준비 당시 찾아온 이성진과 이미 안면이 있지만 저들은 그게 저들의 고용주였던 건 꿈에도 모를 터였다.

그나마 전예은에 대해서는 이제 '꼬마 실장'이니, '꼬마 실장님'이니 하며 친하게 부르고 있지마는.

"형, 우리 꼬마 실장님은?"

지금처럼.

찬성의 말에 천희수는 픽 웃으며 대답했다.

"예은 씨가 시간 약속 안 지키는 거 봤어? 때 되면 올 거야."

"하긴. 그것도 그러네."

찬성은 기지개를 켜곤 시트에 등을 기댔다.

"이걸로 꼬마 실장님 소원이던 1등을 할 만한 계기가 오면 좋겠는데…… 그건 어렵겠지?"

환희가 찬성의 말을 받았다.

"첫술에 배부를 수는 없지. 우리 데뷔 전을 생각해 보면 나는 이 정도만 해도 제법 괜찮다고 보는데."

"그건 그렇지만……. 하긴, 그 악덕 사장도 별말 없는 거 보면 나쁘진 않은 건가."

멤버들은 남은 시간을 때우며 두런두런 이야기—주로 이성진의 뒷담—를 나눴다.

'게릴라 이벤트'라고는 하지만 정말 아무런 밑 작업도 없이 움직이지는 않는다.

뻔한 수작이긴 하지만, 아무래도 그 효과를 극대화하려면 전파를 타는 것이 효과적이었고, 천희수는 사전에 방송국이며 장소를 섭외해 슬쩍 '게릴라 이벤트'와 관련한 정보를 흘렸다.

이런 정보는 SBY의 팬 카페 회원 일부에게도 흘러 들어갔고, 그들은 '언제쯤 오려나' 반신반의하는 얼굴로 이벤트 개최지로 알려진 시내 곳곳을 돌아다녔다.

이성진의 전생에 비하면 인터넷이 활발해졌다고는 하나, 대한민국의 인터넷 인구란 언론에서 과대평가하는 것과 달리 아직까진 한 줌에 불과해서 기획 측의 의도적인 정보 유출에도 불구하고 인파는 많지 않았다.

그럼에도 시내는 평소와 어딘지 다른 활기를 띠며 북적이는 모습을 보였다.

그건 SBY가 모인단 정보 때문일까, 아니면 여름휴가 시즌이어서?

버스에서 내린 지유진은 오늘 따라 시내 분위기가 조금 다른 듯하다고 여기면서도 이를 대수롭지 않게 넘기며 북적이는 인파를 피해 갓길을 걸었다.

바른손레코드는 대로변에 위치해 있었다.

김민혁이 기획한 MP3 인코딩 서비스는 대중음악 시장의 전성기 끝물의 각광을 받아 바른손레코드를 드나드는 유동 인구의 결집을 불러왔고, 이는 자연스레 주변 상권의 확장으로 이어졌다.

이성진에게 분석이 올라갔던 대로 젊은 세대들에겐 '일단 바른손레코드'라고 할 만큼 코스가 정형화되어 친구 및 연인들이 만나는 모임 장소의 랜드마크이자 구심점 역할을 톡톡히 해냈다.

그 덕분인지 바른손레코드가 있는 대로변 공중전화 부스에는 사람들이 삐삐를 들여다보며 줄을 서거나 했고, 그 바람에 인도는 더욱 혼잡해져 갔다.

사람은 자신이 한 말에 스스로 영향을 받는다고 했던가.

화풀이 삼아 그대로 시내까지 나와서 바른손레코드까지 발걸음을 했지만 지유진은 레코드 가게 앞의 북적이는 인파, 잘 차려 입은 사람들을 보며 괜스레 반바지 슬리퍼 차림인 자신의 복색이 자각되며 사춘기 소녀다운 자격지심으로 얼굴이 붉어졌다.

'동네 슈퍼 나온 것도 아니고.'

막상 여기까지 오니 머리가 식으며 그제야 '돌아갈까' 하는 생각이 들기 시작했다.

여기서 누구 아는 사람이라도 만나면, 정말 쪽팔릴 거 같다.

'하지만 돈도 없는데.'

그리고 바른손레코드 앞에서 망설이는 지유진의 뒤로, 낡은 승합차 한 대가 다가오고 있었다.

6장

심영한이 탄 승합차는 지유진이 탑승한 버스를 쫓아 시내로 왔지만, 거리는 오전부터 웬 인파로 북적이고 있었다.

"쓥, 뭔 사람이 이렇게 많아."

심영한은 창밖으로 가래침을 퉤, 뱉었다.

운전대를 쥔 부하가 그런 심영한의 눈치를 살피며 물었다.

"형님, 진짜 하실 겁니까?"

그 말에 심영한이 담배를 창밖으로 던지면서 피식 웃었다.

"오늘 이 차 버린다 생각하고 움직이면 돼. 어차피 용식이 대기시켜 놨잖냐? 거기 갈아타고 내빼면 까짓거, 거리에 CCTV가 있는 것도 아닌데 누가 잡겠냐. 안 그러냐?"

“그건 그렇습니다만……."

“야, 야. 어차피 이거 대포차야. 조회도 안 돼. 이게 걸리는 차였으면 새끼야, 한강에 시체 던질 때 진작 걸렸어, 인마.”

“……."

부하의 침묵에 심영한이 눈을 부라리며 운전석을 발로 퉁, 걷어찼다.

“왜, 새끼야. 쫄려?"

“아닙니다!"

“아니긴. 아니면, 이대로 돌아가서 지동훈 그놈 집에 들어갈래? 문 따고 들어가서 일가족 다 보쌈해 와? 엉?"

“……."

어느 쪽도 마음에 드는 선택은 아니었다.

아닌 말로, 경고 차원에서는 '시키는 일'만 해도 된다.

하다못해 지동훈의 본가 앞에 음식물 쓰레기를 쏟아부어도 되고, 자동차에 스크래치를 가하는 것만으로도 충분하다.

자신이 조설훈의 눈에 들려면 그런 미적지근한 경고 차원의 일이 필요한 게 아니었다.

누구든, 조광을 적으로 두면 살 떨리는 보복이 가해지리란 생각을 하게 만들어야 했다.

더군다나, 자신처럼 아무런 끈도 없는 건달이 뭐라도 하려면 조설훈이라는 동아줄을 붙잡아야만 했다.

비록 조설훈과는 피차가 약점을 쥔 상태였지만, 그 관계를 보다 공고히 하는 의식을 치를 필요가 있는 것이다.

'충성한다는 걸 보여 줄 필요가 있어.'

심영한 역시 아침 뉴스를 보아서 상황이 어떻게 돌아가고 있는지는 얼추 눈치채고 있었다.

지동훈이 배신을 했고, 조설훈은 궁지에 몰렸다. 또한 조설훈은 지금 여기저기서 물어뜯기고 있을 것이다.

'라인을 타려면 지금만 한 때가 없지.'

심영한이 주머니에서 잭나이프를 꺼냈다.

"뭐, 굳이 납치가 아니라 '무차별 폭행' 정도만 해도 되긴 하지."

잭나이프 칼날이 툭, 튀어나왔다가 쏙 들어갔다.

"그것만으로도 뉴스는 될 거고. 하지만 말이다……."

심영한이 거들먹거리며 말을 이었다.

"사람은 기회가 왔을 때, 그걸 잡아야 한다."

"……."

"내가 언제 허튼소리 한 적 있냐? 니네는 다 이 형님만 믿고 따라오면 돼. 그러면 1억이고 2억이고, 아니 그 정도가 뭐냐, 10억, 20억도 우습다."

부하는 심영한의 말이 솔깃한 모양이었다.

"형님 말씀이 옳습니다."

"그래. 그러자면 줄을 잘 타야 하는 거고, 그러므로 오늘이 중요하다 이거야. 투데이 이즈…… 아무튼, 그거, 알겠지?"

"예, 형님!"

멍청한 놈들.

허세는 있는 대로 부리고 있었지만, 막상 결행의 시간이 가까워지자 입이 바짝바짝 마르는 건 심영한도 마찬가지였다.

아마, 불필요한 말이 많아지는 것도 그 긴장감을 감추기 위한 방어기제이리라.

'그래도 씻팔, 좀 쫄리긴 하네.'

밤중에 채무자를 납치한 적은 몇 번 있었지만, 이런 환한 대낮에, 그것도 번화가에서 해 본 적은 없었다.

하지만 이번 일만 성공한다면, 부하에게 한 말도 영 허튼소리는 아니게 된다.

'20초.'

늦어도 20초다.

20초 안에 승합차로 납치하지 못하면, 그땐 잭나이프로 얼굴이라도 그어 버릴 예정이다.

"형님, 버스에서 내렸습니다."

"천천히 쫓…… 아니다. 크게 한 바퀴 돌아."

이 혼잡한 거리에서 그 뒤를 천천히 따라붙는 건 위험한 일이다.

심영한은 챙겨 온 모자를 깊숙이 눌러썼다.

어떻게 하면 좋을지, 머릿속으로 시뮬레이션은 마쳤다.

남은 건, 크게 한 바퀴 돌아온 차가 지유진의 곁을 지날 때 시작할 것이다.

⊛

"길이 좀 막히는데."

강이찬의 말에 전예은은 미소를 지었다.

"괜찮아요. 아직 시간에 여유가 있거든요……. 저, 이찬 오빠, 잠깐 창문 좀 내려도 될까요?"

강이찬은 대답 대신 전예은이 탄 뒷좌석 창문을 내렸다.

전예은은 이따금 인파가 북적이는 곳에선 멀미 끼를 느끼는 듯했고, 그럴 때면 한 번씩 창문을 열어 바람을 쐬곤 했다.

그걸 보며 강이찬은 멀미를 잘하는 편인가, 생각했지만 인적 드문 도로를 탈 때는 아무렇지 않아서, 컨디션에 영향을 받는 건가, 하며 홀로 생각하는 편이었다.

"감사합니다."

고개를 꾸벅 숙이는 전예은을 힐끗 쳐다보며 강이찬이 픽 웃었다.

"아니야. 어차피 에어컨도 너무 찼고. 무리하지 마."

"네."

강이찬의 배려에 전예은은 미소를 지었다.

타고난 성정 탓에 선천적으로 인파가 북적이는 거리를 좋아하는 편은 아니었지만, 지금은 감내할 수 있었다.

그때.

강이찬은 앞서가는 승합차에서 밖으로 가래침을 뱉는 걸 보며 인상을 찌푸렸다.

"이거 참."

느리게 운전하는 것도 봐주고 있었더니, 길가에 침을 뱉고, 뒤이어 길가에 담배꽁초까지 버렸다.

'매너가 영 별로군.'

강이찬은 핸들을 꺾어 승합차를 추월하려 했다.

그 순간.

"읍."

전예은이 갑자기 헛구역질을 했다.

"괜찮아?"

"……."

하지만 전예은은 대답하지 않으며 파리해진 얼굴로 얼른 창문을 올리더니 작은 동물이 몸을 숨기듯 뒷좌석 깊이 등을 파묻었다.

'저 사람들이구나!'

이 무슨 우연의 일치인가.

전예은은 저들을 보자마자 온갖 지저분하고 불편한 것을 알았다.

한편.

'……잠시 갓길에 차를 댈까.'

강이찬이 그렇게 생각하며 비상 신호를 켜려고 할 때, 전예은의 다급한 목소리가 들렸다.

"아뇨, 이대로 계속 가 주세요."

"······그래도."

"괜찮아요. 잠깐······ 놀란 것뿐이에요."

전예은은 애써 미소를 짓고 있었지만, 얼굴에 식은땀이 조금 맺혀 있었다.

'혹시 만나선 안 될 아는 사람이라도 본 건가?'

강이찬이 생각하는 사이, 전예은은 핸드폰을 꺼내 들었다.

'사장님께 연락을······? 아니야. 그러면 늦어.'

전예은은 이내, 이성진이라면 분명 이 상황에 선조치를 원할 것이라고 생각했다.

설령 이쪽이 조금 다치게 되더라도.

망설임을 떨쳐 낸 전예은은 익숙한 손짓으로 자판을 두드려 주소록을 불러와 전화를 걸었다.

"찬성 오빠? 저예요. 전예은. 네. 지금 천 실장님이랑 차에 타 계신가요? 아뇨, 아마 근처일 거예요. 그보다, 잠시만요."

전예은은 차창 밖을 보더니 재빨리 말을 이었다.

"바른손레코드가 있는 버스 정류장 근처거든요. 혹시 이쪽으로 와 주실 수 없나요? 네. 원래 예정된 장소는 아닙니다만. 아뇨, 감사합니다. 네. 전화는 끊지 말고 대기해 주세요."

이후 전예은은 전화기를 잠시 귀에서 떼어 놓으며 강이찬에게 말을 건넸다.

"이찬 오빠, 차를 도로 가까이 대 주실 수 있을까요?"

"응? 상관은 없는데…….."

강이찬은 사이드미러로 힐끗, 아까 전 승합차가 추월하는 걸 보며 고개를 끄덕였다.

"알았어."

"감사합니다. 그리고…….."

전예은은 뒷좌석 안전벨트를 단단히 매며 말을 이었다.

"……혹시 방금 전 저희를 추월한 봉고차를 따라가 주실 수 있을까요?"

"…….."

이상한 부탁이었다.

그것도 좀처럼 남에게 부탁을 하지 않는 전예은의.

"제발요."

"……알았어."

강이찬은 사유를 묻지도 않고 전예은의 말을 따랐다.

"감사합니다."

"신경 쓰지 마."

그리고 강이찬이 모는 차는 거리를 두고 낡은 승합차의 뒤를 쫓아갔다.

"더 부탁할 건?"

강이찬의 말에 전예은은 주먹을 꼭 쥐었다.

그는 갑작스레 닥친 지금 이 상황을 무척 당황스러워하고 있으면서, 그럼에도 불구하고 더 자신을 믿고 있다는 것이 그녀의 가슴 깊숙이 다가온 것이다.

'······그도 어디까지나 나를 여동생 대신으로 비쳐 보고 있는 것뿐이지만.'

전예은은 강이찬으로부터 받은 고맙고 불편한 기분을 내색하지 않으며 차분하게 입을 뗐다.

❇

"꼬마 실장님이 뭐래?"

강혁이 던진 말에 찬성은 핸드폰을 든 채 어깨를 으쓱였다.

"나도 몰라. 형한테 말한 내용이 전부인데. 아마, 여기서 게릴라 이벤트를 할 생각인가?"

"도로 옆이면 민폐 아니야?"

강혁의 말을 환희가 받았다.

"맞아. 그 왜, 원래 예정지는 따로 있잖아."

"······다 생각이 있겠지."

그간 부대껴 온 바, 보기에는 앳되어 보여도 전예은은 뛰어난 기획자이자 전략가였다.

전예은의 말이라면 자다가도 떡이 생기다 보니 듣지 않을

까닭도 없고, 결과적으로도 그녀의 말을 따라서 손해 본 일은 결코 없었다.

찬성으로부터 전예은의 말을 전해 들은 천희수가 차선을 바꾸며 슬쩍 고개를 돌렸다.

"방송국 쪽이 아직 안 왔나?"

찬성은 천희수의 말이 그럴듯하다고 여겼는지 고개를 끄덕였다.

"그럴지도 모르겠네요. 하긴, 방송국 시간 약속 안 지키는 건 알아줘야 한다니까."

그 말을 지수가 받아쳤다.

"에이, 형만 하겠어요?"

"야, 야, 얼마 전에 10분 늦은 거 가지고 너무한다, 진짜. 그때는 진짜 똥이……."

"아이돌 입에서 똥 이야기가 나오면 어떡해요. 이러다가 똥찬성 되겠다."

"뭐 어때. 우리 애들, 이미 나한테 환상 깨진 지 오래잖아."

그렇게 시답잖은 농담을 주고받으려니.

"잠깐."

창가 자리에 앉아 있던 미키가 창에 바짝 얼굴을 붙이며 혀 꼬부라진 발음으로 입을 뗐다.

"Look. 저기에 저거, 차 꼬마 실장, 아니야?"

"응?"

멤버들이 우르르 창가에 붙었다.

"진짜네. 미키 너 눈썰미 좋다, 야."

"눈썰매? 쥐금 여름이야."

"그게 아니라…… 됐어. 아무튼……."

어처구니없는 웃음을 지은 찬성의 손에 들린 핸드폰에서 전예은의 목소리가 들렸다.

－찬성 오빠, 계세요?

찬성이 귀에 핸드폰을 붙였다.

"아, 응. 듣고 있어."

－지금부터 제 말 잘 들으세요. 우선…….

이어진 전예은의 지시는 자못 황당했지만, 찬성은 이내 진지한 얼굴로 고개를 끄덕였다.

슬슬 지유진과 가까워졌다.

"에이 씨, 저 차는 또 뭐야."

부하가 사이드미러를 보며 신경질을 내더니 휠을 돌려 창문을 내리곤 팔을 휘저었다.

"어이, 지나가! 지나가라고!"

결국 고급 외제차가 깜빡이를 넣고 앞으로 향했다.

"씁, 차는 좋네."

그런데 묘한 기시감이 느껴졌다.

'……뭐지?'

부하는 고개를 갸우뚱했고, 뒷좌석의 심영한이 마스크를 착용하다 말고 물었다.

"뭔 일이야?"

"아뇨, 그게……."

왠지 아까도 본 듯한 차라서요, 하고 대답하려던 부하는 심영한이 지금 예민한 상태라는 걸 자각하곤 얼른 말을 바꿨다.

"아무것도 아닙니다, 형님."

"……새끼. 차나 똑바로 대. 알겠냐?"

"예, 형님, 준비됐습니다."

심영한은 마스크를 착용한 뒤, 금방 열 수 있도록 승합차의 여닫이문 손잡이를 세게 쥐었다.

"봉태야."

그와 마찬가지로 마스크와 선글라스를 쓴 부하가 대답했다.

"예, 형님."

"너는 내리자마자 곧장 저년 잡아라. 알겠냐?"

"알겠습니다, 형님!"

그리고.

드르륵.

문을 여는 즉시 심영한은 차에서 뛰어내려 지유진을 향해 달려갔다.

지유진이 집에 돌아갈지, 아니면 시내에서 시간을 때울지 망설이는 그때.

끼익!

낡은 승합차 한 대가 갓길에 멈춰 서더니 드르륵, 문이 열리고 문신을 한 남자 둘이 빠르게 내렸다.

행인 몇몇은 그 낡은 승합차를 힐끗 쳐다보았지만, 그다음 일이 이어진 건 부지불식간이었다.

차에서 내린 두 남자는 순식간에 지유진을 에워쌌고.

"……읍?"

비명을 지를 새도 없이, 한 사람은 지유진의 몸을 감싸 안고 입을 손수건으로 틀어막았으며 다른 사람은 지유진의 다리를 낚아채 들어 올렸다.

순간적으로 벌어진 일이어서 지유진은 '무슨 일인가' 하며 당황할 새도 없이 몸이 우뚝 굳고 말았다.

"움직여!"

뒤에서 지유진을 끌어안은 남자의 지시에 다리를 든 남자는 재빨리 그녀를 승합차의 열린 문으로 향했다.

그 순간.

쾅!

검은 벤이 승합차를 뒤에서 들이받았다.

그제야 행인들은 발걸음을 멈추고 황급히 소음과 난리의 진원지를 보았다.

그런데 웬걸.

거기는 웬 괴한 둘이 한 소녀를 승합차로 납치하려고 할 뿐만 아니라 접촉 사고까지.

행인들이 멍하니 굳어 있을 때, 검정색 벤에서 다섯 명의 남자들이 우르르 몰려나왔다.

"지금 뭐 하는 겁니까!"

대표로 앞에 나서며 외친 건 SBY의 리더, 찬성이었다.

그 뒤를 따라 강혁이 말을 이었다.

"우리. 앞에서. 나.쁜 짓.을 하.는 건. 용.납 하지 않겠.다."

연기 톤이 듬뿍 묻어나는 강혁의 어색한 말투에 찬성은 쓴웃음을 지었고, 그 뒤를 지수가 받았다.

"그러니까 좋은 말로 할 때 내려놓으세요."

심지어 그사이 미키와 환희는 승합차로 이어지는 퇴로를 차단하기까지.

부지불식간에 벌어진, 범인은 이해하지 못할 이 황당한 상황에 심영한은 지유진을 끌어안은 채, 우뚝 굳어 있을 뿐이었다.

　'……씻팔, 이건 또 뭐야?'

　부하 역시도 이게 대체 무슨 일인지 몰라 선글라스 너머 어리둥절한 얼굴로 심영한을 바라볼 뿐이었고.

　그때 지유진이 발버둥을 치며 심영한이 틀어막은 입을 떼어 내며 외쳤다.

　"살려 주세요!"

　그러며 지유진의 발버둥에 슬리퍼가 떨어지고, 그녀의 맨발이 부하의 안면을 쳤다.

　"억!"

　그 바람에 부하는 지유진의 다리를 놓쳤고, 얼얼한 충격에 비틀거리는 사이 지수가 그를 덮쳐 내리눌렀다.

　쿵!

　부하가 뒤로 나자빠지며 바닥을 나뒹구는 걸 지수는 내버려 두지 않고 관절기를 걸어 부하를 제압했다.

　"끅!"

　부하는 지수를 풀어 내리려고 발버둥을 쳐 댔지만, 그 물살은 단단한 근육으로 단련된 지수를 떨쳐 내지 못했다.

　지수가 그 귀에 대고 속삭였다.

　"아팠어요? 죄송합니다. 금방 끝날 거예요."

"……."

……왜 사과하는 건데?

한편, 심영한은 뭐가 어떻게 되는지는 몰라도, 상황이 끝장 났다는 사실 하나만큼은 본능적으로 직감했다.

그는 재빨리 주위를 둘러보았다.

불과 몇십 초도 지나지 않은 방금 전 상황에 이미 수많은 인파가 주위에 웅성거리며 몰려들어 있었을 뿐만 아니라, 개 중에는 '혹시 SBY 아니야?' 하며 수군거리는 목소리까지.

심영한의 머릿속에 그려 둔 20초라는 제한 시간이 지나가 고 있었다.

'튀어야 한다!'

영문은 모르겠지만 웬 잡놈들(그는 요즘 아이돌, 특히 남자 아이돌 엔 관심이 일절 없다)이 난입한 탓에 지유진을 납치하려는 계획은 이미 끝장이 났다.

자신의 한 목숨이라도 보전하려면 지금이라도 달아나야 했다.

하지만 그들이 타고 온 승합차는 후방이 찌그러져 있었고, 전면에는 웬 고급 외제차가 퇴로를 차단하듯 틀어막은 상태 였다.

"제장!"

심영한은 끌어안고 있던 지유진을 내동댕이치듯 밀쳤고,

"어, 어어?"

강혁이 아슬아슬하게 지유진을 받았다.

"비켜!"

그사이 심영한은 반대 방향으로 인파를 뚫고 나가려 했지만.

쿵.

웬, 벽. 아니, 벽이 아니라 건장한 사내에 가로막혔다.

"큭!"

정장 차림의 사내는 손바닥으로 심영한을 퍽, 하고 밀치곤, 엉덩방아를 찧은 심영한 앞으로 걸어왔다.

"이 새끼가······!"

심영한은 자리에서 일어서며 주머니의 잭나이프를 꺼내 들었다.

주위의 인파에선 그 모습에 '오오' 하고 감탄인지 비명인지 모를 소리가 들렸다.

"비켜, 이 새끼야!"

잭나이프를 손에 쥔 심영한은 아무런 망설임도 없이 눈앞의 사내를 향해 달려들었고.

"······."

강이찬은 심영한의 손목을 수도로 내리쳤다.

"윽!"

쨍그랑.

그 바람에 심영한은 잭나이프를 놓치고 말았다.

심영한이 무슨 일인지 영문 모를 얼굴을 하고 있을 때, 강이찬의 손날은 물 흐르듯 그의 목울대를 가격했고.

 "꺽!"

 심영한은 순간적으로 엄청난 격통을 느끼며 숨이 턱 막혔다.

 강이찬은 거기서 멈추지 않고 엄지 관절을 세운 주먹으로 심영한의 관자놀이를 가격했다.

 딱!

 삐이-.

 심영한은 귀에서 울리는 이명을 느끼며 그대로 정신을 잃어버리며 바닥 위로 풀썩 쓰러졌다.

 마치 합을 맞춘 듯 깔끔하게 맞아떨어진 일련의 동작이었다.

 "……."

 이후 강이찬은 바닥에 쓰러진 심영한에게는 눈길도 주지 않은 채 저벅저벅 검정 외제 차로 돌아갔고, 승합차로 향하는 진로를 막고 있던 미키와 환희는 얼른 바닥에 쓰러진 심영한의 양팔을 내리눌렀다.

 그제야 모인 사람들은 한 편의 무대를 본 것마냥 박수를 쳤다.

 짝짝짝짝.

 "멋있다!"

"짱인데."

"방금 전 그 사람은 새 멤버인가?"

사람들의 박수갈채와 환호를 들으며 미키가 환희에게 속삭였다.

"Wow. Driver 형, 멋진데."

"그러게, 연습 엄청 했나 봐."

"근데, 쥔짜로 그거 한 거 같아."

"그거?"

"기, 뭐였는데."

"……기절?"

"Yes. 긔절."

"연기야, 연기. Acting."

강혁은 자신의 품에 안긴 지유진을 그윽한 눈으로 내려다보며 자상하게 말을 건넸다.

"괜.찮.아.요? 많.이.놀.랐.죠?"

"……네? 아, 네……."

강혁의 품에 안긴 지유진은 대답을 해 놓고도 이게 꿈인지, 생시인지 모를 기분이었다.

'이거, 처음부터 전부 몰래카메라였나?'

그런 생각을 떠올린 건 지유진뿐만은 아니었다.

"하하, 감사합니다. 여러분. 네? 아, 물론이죠. 싸인, 해 드립니다."

찬성은 미소 띤 얼굴로 찬성은 인파에 둘러싸인 채 주위를
두리번거렸다.

'그나저나 촬영팀은 어디에 숨어 있는 거지?'

그때였다.

끼이익!

아스팔트 위로 스키드 마크가 긁히며 승용차 한 대가 멈춰
서더니, 강하윤이 차에서 내렸다.

"멈춰! 경찰이다!"

그리고 강하윤은 어리둥절해하며 승합차 운전대에 머리를
박고 쓰러진 남자, 찌그러진 승합차, 주위에 몰려든 인파와
바닥에 쓰러진 괴한 둘, 그 괴한들을 제압하는 한편 지유진
을 보호하고 있는 SBY를 보았다.

……SBY?

"……엥?"

SBY가 왜 여기 있어?

부웅.

강이찬이 모는 차가 그 거리를 떠날 때까지 그는 아무런
말도 하지 않았다.

그는 머릿속엔 지금 방금 전 상황에 대한 다량의 호기심과

약간의 분노, 심려가 뒤섞여 있었다.

전예은은 힐끗 강이찬을 살피며 조심스레 입을 뗐다.

"……죄송해요, 이찬 오빠."

지금은 입이 열 개라도 미안하다는 말밖엔 할 말이 없었다.

강이찬은 부드럽게 핸들을 꺾으며 전예은의 말을 받았다.

"그래도 방금 전에 위험했다는 건 알고 있지?"

"……예. 이찬 오빠뿐만 아니라 SBY 오빠들도요."

"운전을 하던 천희수 실장님도 그랬고."

"……네."

"나는 괜찮아."

강이찬이 딱딱하게 말을 이었다.

"하지만 방금 전…… 그 녀석들은 사람을 헤치는 데 망설임이 없는 부류였지. 내게 칼을 들이대는 것에 주저함이 없었어."

"네……."

"혹시 너는…… 아니다. 신경 쓰지 마."

전예은은 강이찬이 '그걸 알고 있었냐'고 묻고 싶었다는 걸 알고 조심스레 물었다.

"……무슨 일이었는지, 설명해 드릴까요?"

"내가 꼭 알아야 할 일이니?"

"그……렇지만은 않아요."

"그러면 됐어."

강이찬은 본심과 달리 전예은의 말을 거절했다.

다만.

"사장님도 알고 계신 일이고?"

"아뇨……. 이제부터 보고를 드릴 생각이에요."

"……그러냐."

이성진이 시킨 일이 아니라는 말에 강이찬은 조금 안도하는 한편, 언짢은 기분이 더해졌다.

마음 같아서는 이성진처럼 목적을 위해 수단을 도외시하는 사람이 되지 말길 바라는 충고를 해 주고 싶었지만, 그는 스스로 그럴 입장이 아니라는 걸 알고 있었기에 더 이상 아무 말도 하지 않은 것이다.

그리고 전예은은 그런 강이찬의 생각을 아주 잘 알고 있었다.

또, 지금껏 쌓아 온 자신을 향한 강이찬의 신뢰가 조금 깎여 나간 것까지도.

강이찬은 한동안 묵묵히 차를 몰다가 천천히 입을 뗐다.

"오늘 스케줄은 전부 취소되겠구나. 회사로 데려다줄까?"

"……네."

"알았다. 그래도 일단, 천희수 실장님께는 전화를 드려야 하겠군. 그쪽은 아직 이걸 몰래카메라였다고 생각하고 있을 테니까."

"……네."

강이찬은 아무렇지 않은 듯 말을 했다가 홀로 곰곰이 생각에 잠겼다.

겉보기처럼 정말로. 아무렇지 않을 리는 없는 것이다.

'……'

전예은은 지금 이 순간만큼은 자신이 가진 능력을 원망했다.

하지만, 한편으론.

그 능력 덕에 처음으로 누군가를 구할 수 있었다.

그것을 두고 누군가는 오지랖이라고 할지는 몰라도.

'……일단은 사장님께 들어간단 연락을 드려야겠지.'

"……."

흠.

이걸 뭐라고 해야 할까.

'호재인가?'

어떤 의미에선, 호재라면 호재였다.

'그러니까, 표면적인 현상만 분석하자면 이걸로 SBY의 이름값을 높였단 거지?'

강이찬이 붙어 있어서일까, 전예은은 자세한 설명은 하지 않았지만 그녀가 다른 일을 제쳐 두고 우선시한 일이라면 분명 뭔가 내게도 좋은 일이 있는 것이리라.

'그게 아니면 그냥 오지랖에 나선 일일 수도 있지만.'

내심으론 그러지 않길 바란다.

"알겠습니다. 자세한 건 회사에 와서 이야기를 해 보죠."

-네, 사장님.

"아, 그리고 예은 씨."

나는 전예은이 전화를 끊기 전에 끼어들었다.

-네?

"이따가 올라오실 때 강이찬 기사님도 함께 올라와 달라고 전해 주세요."

수화기 너머 전예은은 잠시 숨을 고르더니 대답했다.

-네, 전달하겠습니다.

"예. 그러면 나중에 뵙겠습니다."

딸각.

나는 전화를 끊은 뒤, 미소 띤 얼굴로 책상을 돌아 나왔다.

"죄송해요, 형. 갑자기 전화가 와서."

내 말을 이진영은 빙긋, 미소로 받았다.

"아니야. 신경 쓰지 마. 들으려고 한 건 아니었지만, 방금은 그때 비서분?"

나는 그가 앉은 소파 맞은편에 앉았다.

"네, 전예은 씨, 기억하고 계시네요."

"그럼, 물론이지. 잘 지내는 듯해서 다행이네. 저번에 포장해 간 피자는 맛있었대?"

"네, 형. 아주 맛있게 잘 먹었다고 전해 달라는 걸 깜빡했네요."

나는 차를 홀짝이는 이진영을 보며 덧붙였다.

"요즘 들어 형이 시저스에 잘 안 계셔서 전달을 못 드렸습니다."

"응. 좀 바빴어."

"그랬군요."

이진영이 찻잔을 내려놓았다.

"게다가 요즘은 상윤이도 오성한 셰프랑 치킨을 만든다고 바빠 보여서, 나 같은 문외한은 한발 물러서 있는 게 낫겠다 싶었거든."

이진영이 미소 띤 얼굴로 말을 이었다.

"들으니 얼마 전에 제법 야심차게 내놓았던 거엔 직접 종코를 놓았다면서?"

"제 의견이야 그냥 참조만 하면 되는데…… 괜한 짓을 했네요."

"아니야. 외부 의견은 귀중하지. 하물며 시저스의 자금줄인 이성진 대표님의 의견인데, 오죽하겠니?"

"하하, 그렇게까지 말씀하시니 저도 할 말이 없네요."

나는 쓴웃음을 지으며 내 앞에 놓인 차를 한 모금 마셨다.

그 뒤, 나는 잔을 내려놓으며 다시 입을 뗐다.

"그나저나 오늘 형을 이 자리에 부른 건, 다름이 아니라 드릴 말씀이 있어서예요."

"나한테?"

고개를 갸웃하는 이진영을 보면서, 나는 고개를 끄덕였다.

"네. 어제부로 곽철용 어르신은 저희 편이 되었거든요."

"……."

"이제부턴 형도 알아 두시란 의미에서 말씀드렸어요."

"그랬구나."

이진영은 내 말에 잔잔한 미소를 지으며 차를 마셨다가, 잔을 내려놓았다.

"들켰네?"

나를 향한 이진영의 미소가 천진했다.

7장

나는 단순히 재종 간에 차나 한잔하자고 이진영을 사장실
까지 부른 것이 아니었다.

'그간 모른 척하고 있었지만, 이제는 이 부분도 짚고 넘어
가야겠지.'

그 이전부터 말해야지 생각은 하고 있었으나 직접 담판을
짓자고 결심을 한 건, 어제 저녁부로 곽철용이 내게 합류하
면서부터였다.

'안 그래도 무슨 생각을 하고 다니는지 몰라 께름칙한 놈
인데, 뭐가 예뻐서 친목을 도모하겠냐⋯⋯. 어쩌면 전생에
이성진의 암살을 사주했을지도 모를 놈이기도 하고.'

이진영은 전생의 이성진이 개망나니로 지내며 스스로의

입지를 갉아먹고 있을 때, 그 반사이익을 누린 숱한 인물 중 하나였다.

이성진과 달리 이진영은 전생에도 젊은 경영자로 촉망받는 인재였고, 깨끗한 사생활과 멀끔한 인물 됨됨이, 몸에 밴 애티튜드로 뭇사람들에게 선망의 대상이었다.

심지어 그는 삼광물산 대표인 이태환을 아버지로 두고도 낙하산 없이 당당하게 공채를 쳐서 입사했을 뿐만 아니라, 비교적 젊은 나이에 대표이사직에 올라섰다는 입지전적인 신화마저 후광에 띠고 있었다(개인적으로는 정말로 이태환이 아무 간섭도 하지 않았으리라곤 생각하지 않지만).

만일 그가 이태석의 차남 정도만 되었더라도 당당히 이성진을 누르고 삼광 그룹의 제1 계승권자로 낙점되었을 것이나, 애석하게도 그는 이휘철의 방계였다.

그러다 보니 이태석이 쓰러지고 난 뒤, 삼광 그룹 내부 임원 회의에서는 (그 주변의 십상시 같은)이성진 파벌과 이희진 파벌에 이어 소극적으로 이진영을 지지하는 파벌이 생겨났다.

당시 이진영은 삼광 그룹의 차기 회장직에는 흥미가 없다는 식의 행보를 보여 왔으나, 내가 알기로는 꼭 그렇지만도 않았다.

그는 공개적으로는 이성진에게 협조적인(이성진의 평가대로 다소 연극적이긴 했지만) 모습을 보이는 한편, 비공개적으론 이성진 파벌의 인물들과 접촉하며 삼광에 영향력을 행사할 여지를 조금씩 늘려 나갔다.

'최소한 내가 이성진의 개 노릇을 할 때 살펴본 바로는 그
러했지.'

이성진의 명령으로 그를 감시하며, 그가 이성진 파벌 인물
과 동행해 찍은 사진도 몇 장 될 정도였다.

「기분 나쁜 새끼야. 삶이 연극이지.」

예의 내가 찍어 온 사진을 본 이성진의 평이었다.

이성진을 혐오하는 나 역시도 그때만큼은 어느 정도 이성
진의 생각에 동의할 수밖에 없었다.

'역시 속이 시커먼 놈이야.'

다만, 이후는 어떻게 되었는지는 잘 모른다.

나는 아버지가 죽은 뒤 이성진 곁을 떠났고, 이성진은 간
신들에게 둘러싸여 약물과 섹스에 찌든 방탕한 생활을 이어
가다가 내 손에 죽었다.

여기서, 만약 이진영이 이성진의 암살을 사주한 인물이라
면, 몇 가지 용의 선상에 올릴 사유는 있다.

첫 번째는 이성진과 나 사이의 어릴 적부터 이어진 질긴
악연을 알고 있었다는 점.

두 번째가 이성진이 (내가 건넨)이진영의 약점을 쥐고 있었
을 거라는 점.

세 번째로는 이성진의 죽음으로 인해 제 잇속을 챙길 지분이 많은 인간이란 점이었다.

'전생은 그랬지만, 이번 생 들어서도 그런 꿍꿍이가 있을지는 모르겠군.'

전생 때 둘의 관계야 어쨌건, 이번 생의 이진영은 내게 제법 호의적이었다.

그리고 그 대가는 제법 달콤했을 것이다.

'그야, 쏠쏠한 돈벌이를 안겨다 주었으니까.'

하지만 그가 내게 보이는 호의에는 단순 돈벌이만으로는 해석되지 않는 석연치 않은 부분도 있었다.

이렇게 말하면 자의식과잉일지 모르나, 그가 노리는 건 결국 시저스를 통해 나와 관계를 유지하거나 더 긴밀하게 하고자 함은 아닌가, 하는 게 내 생각이다.

이진영이 허상윤과 함께 시저스 2호점 공동 사장으로 있으면서 거둬들인 수익도 적지는 않겠지만, 내가 보기에 그는 그런 '푼돈벌이'에 별 흥미가 없는 것처럼 보였다.

'전예은도 그렇게 말했지. 이진영은 요식업에 흥미가 없다고.'

(그 외에도 그녀는 이진영을 일컬어 '남들과 사고하는 기준이 다르'다고 했지만, 내게 그의 그런 부분까지 왈가왈부할 자격은 없다.)

더군다나 애당초 내게 제니퍼를 소개한 건 다름 아닌 이진영이었고, 사실상 시저스는 거기서부터 시작되었다.

'그러면서도 정작 본인은 요식업에 흥미가 없다니.'

물론 이진영은 맡은 바 일에 충실했고, 허상윤이 짚어 내지 못한 회계상의 문제까지 담당하고 있지만 그건 어디까지나 경영자로서 소임일 뿐, 허상윤처럼 레스토랑 경영에 열과 성의를 다한다고 보이지는 않았다.

'그야 장기적인 관점에서 볼 때 비슷한 세대로서 삼광 그룹을 물려받을 나와 친해져서 나쁠 것 없단 판단도 있겠지만, 정도가 과해.'

그렇다는 건 역시, 다른 꿍꿍이가 있다는 것일 터.

이진영이 내게 외제차와 강이찬을 '선물'한 것은 그즈음이었다.

이진영이 내게 외제차와 운전기사를 선물로 주었던 그날부터, 나는 진작에 강이찬을 이진영이 심어 둔 내통자가 아닐까, 생각했다.

다만 여기서 이진영이 나를 감시한다고 한들, 그가 얻을 것이 없다.

'아니, 최소한 지금 당장은 그렇다는 거지. 친해지는 건 좀더 머리가 굵어지고 나서 해도 늦지 않은데.'

이진영 역시 재벌 3세인 몸이지만, 아무리 재벌가 자제라고 해도 내가 뭐 어디가 예쁘다고 덥석 고급 외제차를—강이찬은 차치하더라도—선물하겠는가.

그래서 처음에는 이진영도 누군가의 사주를 받았을 뿐, 이휘철이 그 배후에 있을지도 모르겠단 생각을 했지만…….

'이휘철이 아니었어.'

그 생각이 바뀌기 시작한 건, 운락정 이후였다.

내 행동거지와 동선이 외부로 새어 나가고 있다는 정도는 예상했지만, 그가 곽철용을 대동하고 나타난 것과 곽철용의 정체가 무엇이라는 건 내 계산 밖의 일이었다.

아니.

정확히는 이휘철이 곽철용을 데리고 온 게 아니라, 곽철용이 이휘철을 데리고 온 것이었다.

'곽철용 입장에서는 내가 최갑철의 꼭두각시가 되는 걸 바라지 않은 거야.'

더욱이 어제저녁 때 대화를 나눠 본 바, 곽철용은 이후 의도적으로 자신의 꼬리를 드러내며 나를 살살 떠보고 있었다.

그리고 곽철용은 내게서 얻고자 하는 것이 있었다.

'일산출판사였지.'

일산출판사를 향한 내 공작은 오래되었다.

따지고 보면, 그 계획은 이 회사를 창립한 순간부터 시작되었다고 말해도 다름 아니다.

곽철용과 만난 건, 이휘철이 스스로 그간 망나니로 알려졌던 형님이 독립유공자임을 밝힌 생일 때였다.

사실상 곽철용은 그때 이미 나를 예의주시하고 있었다.

그러면서 이진영에게 접근한 건 분명, 그때였으리라.

곽철용은 자신과 이해관계가 일치하는 이진영을 통해 자신의 심복을 심어 두고서 내 정보를 손에 넣기로 했을 것이다.

'그리고 역시, 내 생각대로였군.'

이진영의 배후에는 안기부, 정확히는 곽철용이 있었다.

이진영이 내게 외제차와 강이찬을 선물로 준 건, 곽철용의 개입이 있어서였던 것이었다.

그러면서 그날, 그가 내게 조세광과 만남을 주선해 준 것도, 곽철용이 가진 정보에 기인해 내 가려운 부분을 긁어 준 것이리라.

그리고 이번 생에 들어 그가 전생보다 노골적으로, 내게 직접적으로 얽혀 들어오는 것은 이휘철이 말했던 예의 '독립유공자 형님' 발언의 영향이 있었으리라.

'가산을 탕진한 망나니 할아버지라는 존재, 그럼에도 조카들을 챙겨 주었다는 이휘철의 부채가 사라진 이상, 이제 삼광 그룹의 차기 오너를 노릴 명분이 생긴 셈이지.'

나는 이진영을 바라보며 입을 뗐다.

"제 생각보다 순순히 시인하시네요."

이진영은 미소를 유지한 채 어깨를 으쓱였다―그 몸짓은 여전히, 연극적이었다.

"너 스스로 도달한 결론이잖아? 계속 몰랐다면 모를까, 이미 알게 된 사실을 두고 뻔한 거짓말을 늘어놓을 생각은 없거든."

"……."

"게다가 네 입으로 말하지 않았니? 곽철용 어르신께서 네 편이 되기로 했다고. 그러니 설령 내가 아니라고 잡아떼더라도 의미가 없다는 게 내 생각이야."

이렇게까지 당당하게 나오니 마치 내가 잘못한 것 같군.

내 기분이 표정으로 드러났는지 이진영이 미소를 살짝 거뒀다.

"혹시 불쾌했다면 미안해."

내 선입견 탓인지는 몰라도, 그 처량한 듯한 표정마저 어딘지 연극적으로 보였다.

"……하나 물어봐도 돼요?"

"얼마든지."

뻔뻔하긴.

나는 입꼬리를 올렸다.

"저에 대한 정보를 넘기는 대가로, 곽철용 어르신께는 뭘 받기로 하셨나요?"

내 질문에 이진영은 고개를 갸웃했다.

"그게 궁금하니?"

"일단은요."

"그랬구나."

이진영이 고개를 끄덕이더니, 손가락 끝으로 나를 가리켰다.

"너야."

"······예?"

이 인간이 지금 무슨 소릴 하는 거지?

이진영이 빙긋 웃으며 깍지 낀 손을 무릎에 올렸다.

"정확히는 네 안전."

"······무슨 말이에요?"

"내가 누누이 말하지 않았니?"

이진영이 차를 한 모금 마셨다가 내려놓았다.

"너도 회사를 경영하게 된 이상 여기저기 돌아다닐 일이 많은데, 경호에도 신경을 써야지. 그래서 곽철용 어르신께 부탁드려서 믿음직한 경호원을 받은 거야."

"······."

"네 운전기사인 강이찬 씨. 분명 너니까 그 사람이 과거에 어디 몸담았는지도 알았을 텐데, 아니야?"

"······아뇨. 알고 있습니다."

그러고 보면, 그는 분명 이런 말을 한 적이 있었다.

「성진이 너도 명색이 삼광 그룹의 직계잖아. 혼자 돌아다니면 위험할 텐데?」

'······진짠가.'

아니. 그럴 리가.

'그냥 예전에 던져 뒀던 밑밥을 잊지 않고 있다가 회수하는 것뿐이야.'

이진영이 말을 이었다.

"그리고 내 예상대로…… 예상대로라고 하면 어딘지 이상하지만, 성진이 너는 아무렇지도 않게 위험한 장소, 위험한 사람, 위험한 일에 뛰어들곤 했어. 그건 이를테면, 지금 네가 얽혀 있는 조광처럼 말이야."

"……."

"분명, 몇 차례인가 위험한 순간이 있었지?"

그 부분만큼은 부정할 수가 없군.

'하지만.'

나는 떨떠름한 기분을 내색하지 않으려 노력하면서 이진영이 했던 말 속의 모순을 지적했다.

"……그러면 형. 형이 방금 한 이야기를 들어 보면 형은 조광이 위험한 부류라고 인식했는데, 그런 조광의 조세광을 제게 소개해 준 건 어째서죠?"

이진영은 미간을 살짝 찡그렸다가, 그걸 내게 보일 의도가 아니었다는 듯 곧장 찡그린 인상을 폈다.

"단순해. 모임에서 그 녀석이 너를 벼르고 있다는 이야기를 들어서야."

"예?"

"정확히는 그가 새마음아동복지재단 관련해서 네가 선을

넘었다고 생각한단 걸 전해 들었거든."

"……."

내게 조세광을 소개한 건, 곽철용의 사주가 아니었나?

이진영이 말을 이었다.

"그래서 처음에는 내 선에서 처리를 할까 생각했는데……."

……뭐라는 거야? 내 선에서 처리?

'물론 물리적인 의미의 이야기는 아니겠지만…….'

문득.

「이진영 씨는 일반적인 경우와는 조금 다르거든요.」

어째선지 전예은이 했던 말이 새삼 상기되었다.

「이진영 씨의 경우, 그분 마음속에는 불만 붙이면 펑 하고 터져 버릴 폭탄처럼 위험한 충동이 잠재되어 있죠. 다만 그 것을 몇 겹인가 포장을 씌워 아무 일도 없는 양 보이고 있을 뿐이에요.」

그걸 떠올려서일까.

'반쯤 농담일 텐데도 기분 나쁘군.'

이진영이 내 생각을 비집고 말을 이었다.

"……곰곰이 생각해 보니 성진이 너는 이번에도 내가 생각하지 못한 걸 계획하고 있는 걸지도 모르겠다는 생각이 들어서. 어쩌면 네가 나를 통해 그를 소개받고 싶어 할지도 모른다고 생각했지."

이진영이 미소를 지었다.

"그리고 그때 내 생각은 틀리지 않은 거 같고 말이야. 다행이지 않니?"

"……."

어쩌면.

나는 이 순간부터 그에 대한 내 견해 모두를 재정립해야 할지도 모르겠다고 생각했다.

나는 평정을 가장하고 물었다.

"그렇다면 형은 제가 세광이 형을 만난 게 모종의 이해득실이 있어서라고 생각하는 건가요?"

이진영이 고개를 끄덕였다.

"응. 그게 아니라면, 넌 그런 녀석과 굳이 친분을 쌓을 타입이 아니라고 생각하거든. 그런 이해득실조차 없다면 네가 조세광처럼 천박한 녀석과 만날 까닭이 없지."

워딩이 제법 강한걸.

"……두 분, 친한 거 아니었어요?"

"그럴 리가."

이진영이 어깨를 으쓱였다.

"나 역시도 필요하니까 그를 가까이한 것뿐이야. 적은 더 가까이 두라는 말도 있으니까. 다행히 조세광도 나를 그럭저럭 호의적으로 봐 준 거 같고, 덕분에 그런 자리를 주선할 수 있었으니 내 대비도 옳았던 거 같아. 뭐, 조세광 역시도 너를 만나 담판을 지을 예정이니 나를 이용한 것뿐이겠지만."

이진영은 겉으로 드러내지 않았을 뿐, 조세광을 내심 혐오하고 있었던 듯했다.

'애당초 이진영이 누군가를 진심으로 생각한다는 것 자체가 있을지도 의심스럽군.'

그야, 나에게는 호의적이지만 그것도 '그런 척'에 불과한 건지도 모르고.

'……아니. 최소한 지금은 내 편이라고 봐도 무방할까.'

이진영이 어깨를 으쓱였다.

"더군다나, 제안을 던진 건 나였지만 결국 거기서 오케이한 건 성진이 너였잖니?"

이진영이 빙긋 웃으며 사장실 구석에 놓인 퍼팅 연습대를 보았다.

"더군다나 그 짧은 사이 취미도 아닌 골프에 돈과 시간까지 들여 가면서 말이야."

"……언젠가는 저도 골프를 칠 일이 생길 거라고 생각했을 뿐이에요."

"그래. 그렇겠지. 다행히 너도 골프에 제법 재미를 붙인 모양이어서 체면치레는 했어."

내 말을 받는 이진영은 여전히 빙글거리며 웃는 얼굴이었는데, 그건 왠지 손아래 동생의 재롱을 보는 듯한 느낌이 물씬했다.

나는 이진영의 말을 마냥 긍정하는 대신 그를 슬쩍 떠보았다.

"……하지만 방금 전 형은 조세광더러 천박하다고 말씀하셨는데, 언젠가 형은 저더러 서민적인 면이 있다고 말했잖아요? 세광이 형과 저도 그런 면에서 취향이 맞은 걸지도 모르죠."

내 반박에 이진영은 볼을 긁적였다.

"그때 말했던 걸 마음에 두고 있었니?"

"조금요."

그 말을 들었을 땐 속이 뜨끔했거든.

이진영이 쓴웃음을 지었다.

"내 말이 불쾌하게 들렸다면 미안해. 하지만 취향이 서민적인 것과 근본이 천박한 건 구분해야지. 그리고 나는 네 서민적인 취향을 싫어하지 않아. 옆에서 보고 있으면 꽤 귀엽고."

아, 예. 그러십니까.

"아, 물론 조세광이 내포한 천박함의 범주에 그 동생까지 포함한 의미는 아니야. 네 친구까지 폄훼할 생각은 없으니까 오해는 하지 말아 줘."

"……."

그러면서 조세화와 조세광은 구분을 하는군.

이진영이 미소 띤 얼굴로 말을 이었다.

"그러잖아도 마침 네가 조세화랑 곧잘 어울려 다닌다는 소문은 우리 쪽에서도 제법 파다하거든."

예의 '모임'에서 그런 소문까지 나돌았나.

이진영이 말을 이었다.

"그것 때문에 일각에서는 조광과 삼광이 사돈을 맺는 건 아닌가 하는 이상한 억측을 하는 사람도 있었지만…… 내가 보기엔 글쎄, 네가 네 소속사의 윤아름이란 배우와 친하게 지내는 것과 크게 다르지 않아 보였어."

정확하군.

정확한 한편, 내가 그들을 이성으로 보지 않는단 것까지 에둘러 표현하고 있었다.

이진영은 그쯤 해서 화제를 바꾸려는 듯 차를 한 모금 마셨다.

"어쨌거나 그러면서 너는 그 자리에 나나 조세광이 눈여겨보지 못했던 신규 사업 아이템을 가지고 왔지."

"스크린 골프 말인가요?"

"응, 그거."

이진영이 찻잔을 내려놓았다.

"그리고 네가 가져온 스크린 골프 사업은 그 조세광도 제법 혹할 만한 물건이었어. 그러면서 성진이 너는 그걸 가지고 조세광에게 양보하는 것으로 거래를 제안했지."

당시엔 가타부타 말하지 않았던 것이 지금은 그 입에서 당시의 소회가 술술 흘러나왔다.

"영리한 한 수였어. 당초 조세광은 너에게 골프장 회원권을 팔아서 용돈이나 챙겨 볼까 생각한 모양이었지만, 분명 조세광의 제안은 그 한 번으로 끝나지 않았을 테지……. 하지만 너는 조세광을 일종의 사업적 동지로 격상시키면서 그 개미지옥을 용케 빠져나갔고."

이진영이 생각한 대로, 조세광이 그때 내게 골프장 회원권으로 삥을 뜯으려 한 건 그때 한 번으로 끝나지 않았을 것이다.

설령 그럴 의도가 없었다고 한들(그럴 의도가 없지는 않았지만) 내가 새마음아동복지재단을 건든 건 조세광 입장에서 도발적인 일이었다.

여기서 삼광의 자산 규모가 조광에 비해 더하거나 덜하다는 건 문제 되지 않는다.

그곳은 내가 가진 일차원적 자원과 조세광이 가진 자원만이 논의되는, 소위 말해 계급장 따윈 다 떼고 한판 붙는 장소였다.

'분명 조세광은 이후로도 이런저런 다른 빌미를 들어 가며 내게 뭔가를 팔아 치우려 했을 거야……. 그리고 이진영은

그걸 꿰뚫어 보고 있었고.'

이진영은 웃으며 말하는 것과 달리 당시 역학 관계를 냉정하게 파악하고 있었다.

'개미지옥이라는 표현도…… 시니컬하긴 하지만 제법 적절해. 만약 내가 조세광의 별거 아닌 부탁을 계속 들어주다 보면 결국 그놈에게 목덜미를 잡히고 말았을 테니까.'

그랬기에 내가 조세광에게 스크린 골프라는 그럴듯한 사업 아이템을 넘겨준 건, 그와 나 사이의 관계를 수평적인 위치로 재정립하는 요소도 겸한 것이었는데.

'고등학생이 벌써 그런 걸 내다보고 있다니, 역시 호락호락한 놈은 아니군.'

나는 애써 미소를 지었다.

"억측이 심하시네요. 제가 스크린 골프라는 걸 알게 된 것도 어디까지나 덕분에 골프에 입문해서였을 뿐이에요. 게다가 이제 막 머리를 올렸을 뿐인 저보단 세광이 형이 더 잘 맡아 키워 줄 수 있을 거라고 생각한 거고요."

"하하하."

이진영이 웃었다.

"그래, 내 생각과는 조금 다르지만, 그러면 그런 걸로 하자."

마치, 내가 그럴듯한 사유를 들어 가며 잡아떼는 것조차 예상하고 있었던 것 같다.

이진영이 말을 이었다.

"어쨌건 덕분에 '결과적'으로 자리는 화기애애했고, 성진이 너는 네가 의도한 대로…… 아차, 그게 아니지. '운이 좋게도' 조세광이 새마음아동복지재단에서 손을 떼게끔 만들었어. 조세광의 입장에도 허점투성이에 자기 것도 아닌 복지재단을 쥐고 있는 것보단 너를 같은 편으로 끌어들이는 게 더 이득이란 판단이 섰을 테니까."

"……."

"그리고 이후 너는 구봉팔을 손에 넣었고, 그를 통해 조광과 접점을 쭉 이어 왔지. 솔직히 당시만 하더라도 그렇게까지 할 필요가 있었을까, 하고 생각했지만 그건 내 기쁜 오산이었어. 성진이 너는 내 예상을 뛰어넘어 조광을 아예 쪼개 버렸고, 또, 거기에 네가 한패로 끌어들인 구봉팔을 거짓 실세로 만들었으니 말이야."

'기쁜 오산'이라.

'내게 호의적인 관찰자 입장이니 할 수 있는 발언이군.'

다만 이진영의 나를 향한 평가는 억측과 오해, 통찰력이 뒤섞여 과잉이 이루어지고 있었다.

'조광이 쪼개지리라는 건 당초부터 예정하고 있던 일이었지만, 이런 방식은 아니었어.'

조세화가 제3세력으로 부상하리란 건 짐작하고 있던 일이지만 조성광이 내게 도청기를 맡긴 건 나도 예상하지 못한 일이었다.

'정순애의 죽음과 조세광이 박길태를 살해한 것 역시 내가 생각지도 못한 일이었고.'

그러니 처음부터 '계획대로였다'고 말하기에는 우연적 요소가 짙었다.

나는 표정을 감추며 애써 담담하게 이진영의 말을 받았다.

"다시 한번 말씀드리지만 억측이에요. 백번 양보해서 형님 말씀대로 이 모든 게 제 계획이었다면⋯⋯."

그가 어디까지 알고 있는지 내 입으로 발설하기 꺼려 말을 아꼈더니, 그는 내 가려운 부분을 긁어 주었다.

"네가 도청기를 손에 넣고 조세광이 박길태를 살해한 것까지도 계획하의 일일 리는 없다는 거지?"

"⋯⋯예."

안다는 걸 감출 생각도 없는 거 같군.

'하긴, 곽철용과 손을 잡고 있었다면 어떻게 일이 돌아가는지 정도는 응당 알고 있겠지. 더군다나 도청기를 거래한 장소는 다름 아닌 이진영이 공동사장으로 있는 시저스 2호점이었고.'

내가 도청기를 건넨 장소로 시저스 2호점을 고른 건 의도한 바였다.

당시 나는 운락정 건으로 '정보가 샌다'는 걸 눈치채고 있었고, 거기엔 강이찬과 그 강이찬을 내게 소개한 이진영이 있으리라 확신했다.

'어디 이번에도 개입할 테면 해 보란 식이었지만…… 이진영이 그 곽철용과 손을 잡았단 걸 알게 된 건 최근이었지.'

이진영이 담담하게 입을 뗐다.

"그래. 몇몇 부분은 분명 우연이야. 여러 부분에서 네가 의도하지 않은 것이 작용하고 있었지. 하지만 너는 그때도 분명 '다른 선택'을 할 수 있을 여지가 있었어."

이진영은 보란 듯 손가락을 꼽으며 말을 이었다.

"조성광 회장에게 받은 도청기를 그대로 파기하거나 그쪽 변호사에게 맡긴다는 선택, 또는 조설훈 씨에게 이를 맡긴다는 사안도 고려할 수 있었을 거야. 하지만 너는 그러지 않았고……."

이진영이 손을 무릎 아래로 떨어트리며 미소를 지었다.

"그 대신 너는 조성광 회장에게 받은 도청기를 조세광과 그 동생에게 공개했어. 거기서 조세광은 이 일을 덮는 대신 네 의도대로 움직였지. 물론 조세광이 박길태를 살해한 건 너도 의도한 바가 아니었겠지만……."

이진영은 잠시 생각하다가 말을 이었다.

"조세광의 행동은 사태를 더 악화시키긴 했어도, 결국 어떻게 되든 간에 짧든 빠르든, 그 정도가 깊든 야트막하든 조광은 결국 쪼개지고 말았을 거야. 아마 조세광은 그 도청기를 가지고 조지훈 씨를 협박하려고 했겠지만, 조지훈이란 사람도 조세광의 수작에 놀아날 만큼 마냥 호구는 아니거든."

……우리가 앉았던 자리에 CCTV뿐만 아니라 도청기도 설치되어 있었나, 하고 생각하리만치 이진영의 '추측'은 정확했다.

"마침 조세광은 너를 사업 동지로 여기고 있었으니, 그를 네 의도대로 움직이게 만드는 것도 수월했을 테지. 단기적으로는 그게 더 이득이라고 생각했을 거야. 아니, 조세광은 그걸 '장기적'으로도 이득이라 판단했겠지?"

이진영은 쿡쿡, 소리 죽여 웃었다.

"아무튼 그 뒤로는 이런저런 일이 있었던 모양이고……. 오늘 아침엔 유능한 검경의 활약으로 자칫 미궁에 빠질 뻔한 일의 진범이 잡히고 말았어."

그렇게 말하는 이진영에겐 정말로 조세광을 향한 우정 따위 추호도 찾아볼 수 없었다.

이진영이 미소를 지은 채 말을 이었다.

"이제 돈 좀 만진다 하는 사람들에겐 조성광 회장의 사후 그 상속권이 어디로 흘러가게 될지가 관건이 되었지. 아마 조광은 이번 기회에 기존의 혈족 우선 계승 체계를 버리게 될 거야. 그리고 그 여러 선택의 앞에서 네가 취한 결정은 곧, 앞서 말했던 이해득실과 이어져. 조씨 일가가 지배하던 조광의 시대가 끝나고, 너는 이제 구봉팔을 통해 조광에 간섭할 여지를 만들어 둔 거야. 그렇지 않니?"

"……."

"다만."

이진영은 내 침묵을 지켜보며 지었던 미소를 슬쩍 거둬들였다.

"한 가지 마음에 걸리는 건, 너에게도 도움이 되었던 그 우연적 요소들 때문에 너 역시도 위험에 처했단 거야."

"……."

이진영의 말에 나는 아무런 대꾸도 할 수 없었다.

'하긴, 이진영은 아직 모르고 있겠지만, 방금 전 전예은과 통화로 들어 본바 궁지에 몰린 조설훈이 주위를 물어뜯으려 하고 있었지.'

자식의 위기 앞에선 그 냉철하던 조설훈도 극단적인 방법을 택하고 있었다.

'그래도 아버지는 아버지라는 건가.'

그의 비뚤어진 부성애며 그 근원을 알 수는 없겠지만.

만약 조설훈이 이 모든 일의 시발점이 나였다는 것―그리고 내가 박상대를 궁지로 몰아넣고 그의 부정을 캐는 것에 힘썼다는 걸 알게 되는 순간, 그의 앞뒤 재지 않는 분노가 나를 향할 수 있다는 것도 염두에 두어야 했다.

이진영이 말을 이었다.

"네 운전기사는 요즘도 그 비서 곁에 붙어 다니니?"

나는 실소를 머금을 뻔했다.

'그것 역시도 숨기지 않는군.'

보아하니 강이찬은 이진영에게 주기적으로 내 근황을 보고하는 듯했다.

"예. 아무래도 저보다는 전예은 씨가 돌아다닐 일이 잦으니까요."

"그래? 흐음. 그래도 앞으론 한동안 네 주변을 벗어나지 않도록 하는 게 좋겠어. 모처럼 고급 인력을 뽑았는데, 운전기사로만 쓰는 건 재능 낭비잖니."

"......"

......어쩌면 이진영은 처음부터 내가 그 의도를 캐물었더라면 솔직하게 답해 주었을지도 모르겠단 생각이 들었다.

'마찬가지로, 내가 강이찬을 경계한 탓에 그를 의도적으로 멀리하고 있었단 것도 이미 알고 있는 거겠지.'

그런 내 생각을 짐작이라도 한 걸까, 이진영이 보란 듯 쓴웃음을 지었다.

"생각해 보면 네가 그간 의도적으로 강이찬 씨를 멀리했던 건 네 행선이 노출된 것을 경계한 탓이겠구나. 그것도 네가 보기에는 일종의 배신처럼 느껴지겠지. 그래도 한동안 무슨 불미스러운 일이 벌어질지 모르니 이번 일을 마칠 때까지만이라도 네 곁에 두었으면 좋겠어."

나는 고개를 저었다.

"아뇨. 그렇지 않습니다."

"응?"

"저는 강이찬 씨의 행동을 배신이라고 생각하지 않아요. 형님이 저를 생각해 주신 것처럼 그도 제 안전을 우선시해 왔겠죠."

나는 미소 띤 얼굴로 말을 이었다.

"오히려 그가 다른 경쟁 기업에서 심은 사람이 아니라는 걸 알게 되었으니 앞으로는 더 믿고 맡길 수 있겠단 게 제 생각이에요."

"……그래?"

이진영은 빙긋 웃으며 차를 한 모금 마셨다. 왠지 모르게, 이번 미소만큼은 연극적으로 느껴지지 않는 것이 그 미소도 진심으로 느껴졌다.

'……물론 그렇다고 해서 이진영을 뼛속 깊이 신용하는 건 아니야.'

나는 전생의 그를 안다.

잘 알고 있다고까지는 못해도, 전생의 그가 이성진을 상대로 어떤 행태를 보여 왔는지는 알고 있다.

그러나 이번 생의 그가 내게 호감을 갖고 있다는 것 자체도 거짓은 아닐 것이다.

'저번 생의 개망나니 이성진과 나는 다른 사람이라고 봐도 될 정도니.'

아마, 지금 그의 나를 향한 호의는 '곁에 두고 지켜봐도 지루하지 않을 존재' 정도는 되지 않을까.

'나나 그가 삼광에 영향력을 발휘할 정도로 성장하고 난 뒤에는 어떻게 될지 모르지만, 지금으로선 적이 아니라고 볼 수도 있겠군.'

최소한 이 모든 게 내 안전을 우선시한 처사였다는 것만큼은 조금, 믿어도 될 거 같다.

더욱이.

앞으로는 강이찬을 저번보다 신뢰해 보겠다는 것도 딱히 빈말이라거나 눈앞의 이진영을 띄워 주며 방심시키기 위한 블러핑인 것도 아니었다.

곽철용이 내게로 온 이상, 그 충성의 대상은 여전히 곽철용일지라도 중간 과정에 이진영을 끼워 넣는 대신, 그 중간 과정이 나로 이전될 것이다.

그 관계상에서 곽철용을 배제할 수는 없겠지만, 그도 내가 선을 넘지 않는 한 내 편이 되어 주리라.

'……한편 전예은은 강이찬을 일컬어 꾸준히 공을 들이면 내 편이 될 사람이라고도 했지. 이번 일이 그 계기가 되면 좋으련만.'

'내 사람'을 만드는 일이 얼마나 어려운지는 나도 잘 안다.

그건 단순히 돈이나 감투를 안겨다 주는 것만으로는 만들 수 없다.

강이찬이 내게 목숨까지 바쳐 가며—아니, 그 직업의식상 목숨을 바쳐 가며 나를 경호하긴 할 터이니, 이땐 신념이라고 해 두자—충성을 맹세하는 건 기대하지 않지만, 최소한 나를 못 믿을 사람이라고는 생각하지 않길 바랄 뿐.

이진영이 찻잔을 내려놓았다.

"그렇다면 다행이고. 아, 맞아. 상윤이가 조만간 시저스에 다시 들러 달라고 전하던데."

그는 앞서 다소간 어색하고 불편하던 대화에서 자연스럽게 화제를 바꿨다.

나 역시 더 이상 그를 해코지할 생각은 없었기에 그 장단에 어울려 주었다.

"치킨이 완성되었나 보네요. 혹시 드셔 보셨어요?"

"아니. 어차피 내 의견은 별로 참조가 되지 않을 거야."

이진영이 웃었다.

"더군다나 이번에는 네 '서민적인' 취향에 한껏 맞춰 봤다고 했거든."

그러면서 은근슬쩍 한 방 먹인 건 차치하고, 서민적인 맛이라니 제법 기대되는군.

"네. 빠른 시일 내에 방문하겠습니다."

"응. 그러도록 해."

그렇게 말한 이진영은 소파에 등을 기댔다.

"자, 그러면 강이찬 씨가 올 때까지 기다릴까? 아니면……."

먼저 선공을 가해 오는군.

나는 대놓고 용건이 끝났음을 천명하는 이진영을 보며 새어 나오려는 쓴웃음을 참았다.

"……바쁘시다면 먼저 돌아가셔도 돼요."

"응? 아니야. 아무리 바빠도 너만 하겠니. 다만…… 슬슬 점심때라서 시저스도 바쁠 때이긴 해."

이렇게까지 나오면 그를 붙잡아 둘 명분이 없다.

'쳇, 아까 전예은과 통화할 때 강이찬도 부른 걸 들은 거지.'

별수 없지.

어차피 그 한마디로 그를 압박해 보잔 의도였고, 그 자체는 먹혀들었으니까.

"괜찮아요."

"다행이네. 사실, 나도 네 운전기사와 아주 잘 아는 사이는 아니거든."

"……."

내게 의미심장한 잽을 날린 이진영은 자리에서 일어섰다.

"아, 그러고 보니까 성진이 너, 금일 그룹 모임에 참석한다면서?"

화제를 전환하는 솜씨가 일품이다.

그나저나 내가 금일 쪽 모임에 나간다는 건 김민혁 말고는 아무도 모를 텐데, 그건 또 어떻게 알았대.

'아니, 저 녀석도 은근 마당발이니 어디선가 주워들은 모양이지.'

이진영의 정보 수집 능력은 배후에 안기부가 있건 말건 별개로 높이 살 만했다.

"아, 네. 어쩌다 보니 그렇게 됐어요."

"……흐음."

그는 무슨 생각을 하는지 모를 얼굴로 고개를 끄덕이더니 툭 하고 입을 뗐다.

"그러면 그중에……."

거기까지 말한 이진영은 입을 꾹 다물더니 연극적인 미소를 지었다.

"아니야. 너라면 어련히 잘하겠지. 우리가 처한 입장상 삼광 그룹과는 경쟁 그룹이긴 하지만, 비슷한 입장이니 친해져서 나쁠 건 없을 거야. 서로가 절차탁마하는 사이로 거듭나야지. 안 그러니?"

"예. 형님 말씀대로예요."

이진영은 빙긋 웃으며 고개를 끄덕인 뒤 문으로 향했다.

"이만 돌아가 볼게. 그럼, 다음에 또 보자."

"네. 살펴 가세요."

어지간하면 이진영과 엮이고 싶지 않았지만, 나는 사교적인 미소로 그를 배웅했다.

달각.

사장실 문을 닫고, 나는 나도 모르게 흘러나오는 안도의 한숨을 내뱉으려다가 입을 틀어막았다.

그 직후, 나는 책상 서랍을 뒤져 신호감지기를 꺼내 사장실 구석구석을 훑었다.

다행히 도청 장치는 발견되지 않았다.

'아무튼, 징글징글한 놈이야.'

나는 신호감지기를 책상 서랍에 밀어 넣곤 의자에 앉았다.

'그나저나, 방금 전 이진영은 무슨 말을 하려고 했을까.'

단순히 '친하게 지내라'는 말을 하려고 멈칫한 것은 아닐 터.

'……혹시, 이진영도 그놈을 염두에 두고 있는 건가.'

설마.

아직은 그가 두각을 보일 시기가 아니었다.

'곽성훈.'

왕자의 난 이후 몰락한 곽한구의 손주.

밑바닥에서 기어 올라와 훗날에는 기어코 금일 그룹의 오너로 거듭나는 자.

나는 곽성훈을 생각하며 의자에 등을 기댔다.

'그 싹을 미리 잘라 낼지, 아니면 내 쪽으로 끌어들여 볼지……는 그때 가서 생각해 봐야겠군.'

애당초 방계로 밀려나 천덕꾸러기로 전락한 곽성훈이 금일 그룹의 가족 모임에 나올는지도 아직 모르는 일이므로.

똑똑.

이진영이 나가고 얼마 지나지 않아 사장실 문을 두드리는 노크 소리가 들렸다.

"사장님, 복귀했습니다."

슬슬 올 때가 되었다고 생각했더니, 역시 전예은이었다.

"네, 들어오세요."

달각.

문이 열리고 전예은이 강이찬을 대동한 채 고개를 꾸벅 숙였다.

"다녀왔습니다, 사장님."

"예. 강이찬 씨?"

강이찬이 나를 보았다.

"예, 사장님."

"죄송하지만 보고가 끝날 때까지 잠시만 밖에서 기다려 주시겠어요? 금방 끝날 겁니다."

"알겠습니다."

강이찬은 가타부타 따져 묻지도 않고 고개를 꾸벅 숙인 뒤, 문을 닫았다.

문이 닫히고 사장실에는 전예은과 나, 둘만 남았다.

"일단 앉으시죠."

"……네."

전예은이 나를 따라 소파에 앉았다.

"전화로 간략히 듣긴 했습니다만, 정확히 무슨 일이 벌어진 겁니까?"

내 단도직입적인 질문에 전예은은 우물쭈물하더니 조심스레 입을 뗐다.

"실은……."

전예은의 이야기를 들으며, 나는 웃음이 터지려는 걸 간신히 참았다.

'호재로군!'

흥하려면 엎어져도 돈 바닥 앞을 나뒹굴고, 망하려면 뛰어도 똥밭에 들어간다고 했던가.

'흐음, 구출한 게 지동훈의 동생이라고?'

궁지에 몰린 조설훈은 '본보기'를 보여 주기 위해 지동훈의 동생을 납치하려 했고, 이는 보기 좋게 실패했단 정도가 아니라 극적인 연출까지 가미되어 전원 체포되기까지 한 모양이었다.

그뿐만이 아니었다.

'정순애의 시체 처리에 손을 보탠 놈들이었나.'

마침 근처에 있던 전예은은 단박에 그들을 꿰뚫어 보곤 임기응변을 발휘, 강이찬과 SBY를 동원해 그 계획에 찬물을 끼얹었다.

전예은이 내 편이어서 다행이었다.

'뭐, 솔직히 지동훈의 동생이 어떻게 되건 내 알 바도 아니고, 설령 그녀가 납치되어도 결말이 바뀌지도 않았을 테지만 호재는 호재지.'

여기서 더 운이 따라 준다면, 이번에 체포된 일당을 취조해 배후의 지시자(조설훈)와 그가 박상대와 연루되어 있었다는 것까지 캐낼 수 있을지도 모른다.

'그렇게 되면, 조설훈은 말 그대로 끝장인 거지.'

마음 같아선 지금이라도 전예은의 머리를 쓰다듬어 주고 싶을 지경이었지만, 그건 위계상의 성희롱으로 분류될 테니 참도록 하자.

그러나 정작 이런 내 기분과는 달리 전예은은 내가 시키지도 않은 일을 현장에서 판단해 결행하고 만 일에 대해서 잔뜩 주눅이 들어 있었다.

"……죄송합니다, 사장님."

"……."

그리고 전예은이 가진 능력은 '나'에게는 통하지 않는다.

몇 차례 질의응답으로 조사해 본 바—그녀가 철두철미하게 나를 속이고 있는 것이 아니라면—나와 관계된 일에 대해선 철저히 공란으로 남는 느낌이었다.

그러니 전예은이 이번에 행한 건, 말 그대로 어떤 '정의'를 위해서일 뿐, 내가 조설훈을 비롯한 조광 일가를 궁지로 몰아넣고 몰락에 이르게 하려는 건 모른다.

그녀는 내가 박강선을 보살피는 것조차 순전히 호의로만 아는 눈치였으니까.

그건 전예은의 능력을 이용하려는 내게 장점이자 단점이었다.

'단점보단 장점이 더 크지만.'

뭐, 그래도 마냥 공치사를 할 수만은 없는 노릇이다.

'어쨌거나 위험한 일이긴 했어.'

그러잖아도 방금 전 이진영이 내게 위험에 노출될 만한 상태라며 잔소리를 하고 갔다.

아무도(그러니까 내가 월급을 주는 사람은) 다치지 않아서 다행이었지만 까딱했다간 누군가 상해를 입었을지도 모를 일이었고, 자신의 계획이 터무니없는 일로 틀어지고 말았단 걸 알게 된 조설훈이 무슨 해코지를 가해 올지도 모른다.

'그 전에 탈탈 털어서 감방으로 보내 버려야겠지만.'

만약 필요하다면 박차를 가해 주도록 하자.

'경찰, 검찰, 언론……. 마지막 수단으로는 안기부도 있으니.'

어쨌건.

나는 일부러 한숨을 내쉬며 뜸을 들였다가 딱딱한 말씨로 입을 뗐다.

"전예은 씨."

전예은은 잔뜩 주눅 든 목소리로 힘없이 대꾸했다.

"네, 사장님."

"예은 씨가 했던 일의 옳고 그름을 따지기 이전에, 그 선택은 자칫 모두를 위험에 처하게 할 뻔했습니다. 그건 알고 있죠?"

"……네."

가벼운 접촉 사고는 둘째 치더라도, 상대가 주머니칼까지 꺼내 들었다는 시점에선 빼도 박도 못할 위험한 일임은 분명했다.

'한편으론 그럼에도 불구하고 강이찬의 실력이 어지간한 건달 앞에서도 끄떡없었단 것이 더 놀랍긴 해.'

분명 전예은도 강이찬의 과거가 어땠는지 알고 있었기에, 그가 상대를 충분히 제압할 수 있으리란 계산을 마치고 결행한 일이겠으나.

거기서 누군가 내 사람이 상해를 입었다가는 이쪽 입장도 곤혹스러워질 일이었다.

'뭐, 보험금이 아까워서 그렇단 의미는 아니고.'

이제 막 안기부와 손을 잡은 시점인데 강이찬이 공권력과 연루되기라도 하면 곤란하다.

'물론 안기부가 뒷배로 있으니 빼돌리는 것도 불가능한 일은 아니지만.'

그들과의 협상 직전에 와서 저쪽에 이쪽의 불리한 패를 내

놓는 일은 피하고 싶은 게 내 솔직한 심정이다.

'겸사겸사 이번 일로 전예은에게 빚을 달아 두는 것도 나쁘진 않겠지.'

전예은은 내 생각 이상으로 유능했다.

그녀가 호언장담한 'SBY를 지상파 가요 프로그램 1위로 만들겠다'는 내기 역시도 시대를 못 탔을 뿐, 다른 흐름을 탔더라면 성공 가능성이 높은 공약이었으리라.

'때때로 어떤 건 하늘이 내리는 법이니.'

그녀가 나와의 내기에서 이긴 대가로 내게 무엇을 받아 낼지, 그 조건으로 어떤 곤혹스러운 것을 가져올지 모른다.

'어쩌면 본사 측과 접점을 만들고자 할지도 모르고.'

전예은은 쓸 만하다. 그녀의 존재는 앞으로 있을지 모를 상황에서 변수를 줄이는 데 도움이 되리라.

'그러잖아도 최근 들어 많은 일이 내 예상 범주를 벗어나고 있는 중이지.'

하지만 그 유능함의 원천은 내게 독이기도 했다.

그런 나로선 '팥으로 메주를 쑨다고 해도 믿을' 정도는 아닐지라도 어지간하면 그녀를 내 사람으로 만들었으면 했다.

하나 '내 사람'을 만드는 일은 어렵다. 거기엔 돈과 권력, 상호 이익을 넘어서는 무언가가 작용해야 한다.

지난 생엔 몇십 년간 그 곁을 지켰고, 이번 생엔 몇 년째 이성진의 몸뚱이에 기생하고 있는 입장에서 지켜본바, 이 몸의 주인인 이성진이라는 존재가 다른 누군가에게 남들보다 쉽게 호감을 사는 건 인정하고 있지만.

그렇다고 내가 누군가의 호의를 이용해 상대의 감정을 좌지우지할 수 있으리란 생각은 하지 않는다.

'사실 그런 건 불확실하지. 사람의 감정이라는 건 수치로 측량되는 게 아니야. 자고로 호의란 언제든 손바닥 뒤집듯 적의로 바뀌는 일도 비일비재한 법이니까.'

가장 확실한 건 상대에게 '빚'을 지우고 내 말을 거절할 수 없는 제안으로 만드는 것 뿐.

'그러려면 여기서 누가 위인지 알려 주면서 그녀에게 빚을 지울 필요가 있어.'

현시점에선 전예은도 내게 어느 정도 '은혜'를 입었다고 여기고 있을지는 모르나, 내가 그녀에게 해 준 건 어디에도 기댈 곳 없던 그녀를 고용해 월급을 주고 있다는 것뿐이다.

'오히려 지금은 월급 이상으로 일해 주고 있는 편이지. 그러니……'

나는 천천히 입을 뗐다.

"문책은 여기서 끝내겠습니다."

내 말에 전예은이 어리둥절한 얼굴로 물었다.

"끝……이라니요?"

그런 전예은에게 나는 새어 나오려는 웃음을 참으며 되물었다.

"왜요, 감봉이라도 할까요?"

당황한 전예은은 이내 결연한 얼굴로 고개를 끄덕였다.

"예, 물론입니다. 아뇨, 필요하다면 더 책임질 수 있을 만한 문책도 각오하고 있습니다."

나 원, 농담도 못 하겠군.

나는 자세를 고쳐 앉았다.

"예은 씨가 한 걸 없던 일로 하자는 것이 아닙니다. 그보다는 앞으로 있을 일을 수습하는 것이 더 중요하다고 봅니다만."

그제야 전예은은 일말의 의혹과 당황을 접어 두고 고개를 끄덕였다.

"……예."

"우선, 상황을 정리해 보죠."

전예은은 타고난 능력 덕분에 한강 변사체 사건부터 이어진 많은 것을 알고 있지만, 내가 조설훈을 비롯한 조광 일가와 심층적으로 대립하고 있다는 것까지는 모른다.

그녀의 능력은 대상을 직접 마주할 때 발동한다.

여기서도 그 능력이 내게는 해당되지 않는다거나 소피아 원장 수녀에게도 작용하지 않았다는 등 몇 가지 제약이 있는 모양이지만, 나로서는 그걸 짐작할 수도, 한계가 어디인지도 알 수 없다.

만에 하나, 그녀가 처음부터 나를 속이고 있을지도 모른다는 최악의 가정도 가능한 것이지만.

'하지만 지금으로선 최악의 가정은 접어 두고 생각해야겠지. 정말 그런 거라 해도 나에겐 다른 방법이 없어.'

최악의 경우엔, 그녀를 배제해 버린단 극단적인 선택도 고려하고 있는 내게 전예은이 위험을 감수하고 내 곁에 붙어 있지는 않으리라.

그러니 내가 파악한 첫째 조건, '그녀의 능력은 대상을 직접 마주할 때 발동한다'는 조건하에 사고를 전개하기로 했다.

'그리고 나는 전예은이 김기환이며 구봉팔 등 내 주변 사람과 만나지 않도록 의도적으로 바깥을 돌게끔 해 뒀지.'

전예은은 아마 정순애의 죽음에 박상대가 연루되어 있다는 것도 수사상에 드러난 사안을 바탕으로 한 표면상의 내용만 알고 있을 뿐, 그 사체를 훼손하고 강에 유기한 것이 조설훈이라는 심층적 진실에 도달한 것은 극히 최근(방금 전)이었을 것이다.

나는 이상의 내용은 잠시 접어 두고 태연하게 말을 이었다.

"일단 거기서, 전예은 씨가 알아낸 것은 무엇이었습니까?"

전예은은 잠시 생각하다가 천천히 입을 뗐다.

"……조설훈 씨가 심영한이란 사람을 시켜 지유진을 납치하도록 사주했다는 것이었습니다. 그뿐만 아니라, 심영한이라는 사람은 조설훈 씨의 명령으로 강선이의 어머니인 정순애 씨의 사체를 훼손한 후 유기하였습니다……."

예상대로군.

"그러면 저희는 이번 일로 조광이 해 온 온갖 불법적인 일과 연루되고 말았군요."

내 말을 전예은이 힘겹게 받았다.

"……예."

"이번 일로 조광이 저희에게 해코지를 가해 올지도 모르게 되었고 말입니다."

"……."

전예은이 아랫입술을 깨물었다.

나는 그런 그녀를 보며 가벼운 한숨을 내쉬었다.

"어쩔 수 없죠. 이렇게 된 이상 예은 씨도 알아 두셔야 할 것이 있습니다."

전예은이 고개를 들었다.

그녀가 구봉팔과 김기환을 만나지 않게끔 스케줄을 조율하는 일에도 한계가 올 것이다.

'자칫, 언젠가 조세화와 만날 날이 올지도 모르니까.'

그러니 나는 여기서, 그녀가 알고자 하면 얼마든지 알아낼 수 있을 표면적인 사실 일부를 들려주기로 했다.

"사실, 조광이 이렇게까지 궁지에 몰린 데에 저도 무관하지 않습니다."

"……예?"

"흐음, 어디서부터 말씀드려야 할지 모르겠군요."

나는 전예은에게 내 재종을 통해 조세광과 만나게 된 일이며 운락정에서 있었던 일, 이후 조성광의 문병을 갔던 일, 그로부터 도청기를 건네받았던 일 등등을 내 입장에서 간추려 들려주었다.

내 이야기를 듣는 그녀의 표정에는 처음 듣는단 반응도 있었고, 이미 알고 있던 사실을 재정립하는 반응도 있었다.

'저 표정 변화까지 연기인 건 아니겠지.'

이윽고, 이야기를 듣는 내내 이렇다 할 맞장구도 없던 전예은이 한참 만에 입을 뗐다.

"……그러셨군요."

한편 전예은의 얼굴은 더더욱 면목이 없는 것처럼 되었다.

"저는 사장님께서 지금껏 해 오신 것도 모르고……."

"이미 엎질러진 물입니다."

나는 담담히 말을 이었다.

"이제 조광이 무너지고 조설훈이 경영 승계에서 밀려나지 않는 한 끝나지 않는 싸움이 되겠죠."

"……."

이야기에 간간이 섞어 온 블러핑이 통한 것일까, 그녀는 지금 내가 해 온 일 모두를 '가능하면 조광과 엮이지 않으려 했으나 그럴 수 없게 된 상황'으로 여기고 있었다.

"저, 사장님."

전예은이 결연한 어조로 말을 이었다.

"하지만 조설훈 씨가 불법을 자행한 것 자체는 진실이지 않나요? 만약 그분이 지금껏 해 온 일이 들통 난다면 징역은 피할 수 없게 될 거예요. 그러니 제가 지금이라도 경찰서로 가서 진술을⋯⋯."

뭐래.

설마 진심인가?

"지금 무슨 소리를 하는 겁니까?"

나는 눈살을 찌푸렸다.

"설마 경찰 앞에서 예은 씨가 가진 능력을 밝히면서 '이런 저런 일로 조설훈의 과거사를 폭로하겠습니다.' 하고 선언이라도 하실 텐가요?"

"예. 필요하다면⋯⋯."

"나 참, 좋습니다. 그러면 백번 양보해서 설령 경찰이며 검찰 측이 예은 씨의 능력을 '입증'했다고 칩시다. 하지만 그렇게 되면 예은 씨는요? 앞으로 어떻게 하실 생각입니까? 능력을 밝히면 다른 사람들이 예은 씨를 어떻게 보겠어요?"

"저는⋯⋯."

"기각하겠습니다. 두 번 다시는 그런 말, 입 밖에 올리지 마세요."

"⋯⋯."

아직 아이인 건가.

그녀가 이번 일로 내게 '그녀 자신의 인생을 포기할 만큼' 강한 책임감을 갖고 있다는 건 알았으니, 나는 이쯤에서 넘어가기로 했다.

"이번 일로 예은 씨가 스스로를 희생할 필요는 없습니다. 자고로 상사란 부하의 실책까지 책임지는 거죠. 저 역시 고용주로서 이번 일은 제 선에서 무마하겠습니다."

"……."

"그리고 오늘 일은 비록 시간이 급해 제 허락을 받지 않고 진행하였습니다만, 저 역시 그 상황에서는 예은 씨와 같은 방법을 택했을 겁니다. 그러니 자책하는 건 그쯤 해 두세요. 아무리 조설훈이 상대라 하더라도 제가 그런 후안무치한 불법적인 일에 눈을 돌리겠습니까."

"……사장님."

전예은의 목소리에 물기가 묻어났다.

'……혹시 점수 좀 딴 건가?'

일부러 번드르르한 말을 내뱉긴 했지만, 어느 정도는 진실이다. 전예은이 심각하게 생각하는 것과 달리, 이번 일은 의외로 별거 아닌 일이었다.

'아니, 별게 아닌 건 아니지만 어차피 나도 조설훈을 나락으로 끌어내리려고 했고, 전예은이 한 일은 그 일에 박차를 가한 것뿐이니까.'

그러면서 나 스스로를 무슨 정의의 사도로 포장한 건 조금 과했나 싶었는데 다행히 전예은도 그 부분은 문제 삼지 않은 듯했다.

나는 괜히 머쓱해지려는 기분을 감추며 입을 뗐다.

"다만 이 일을 처리하려면 몇 가지 예은 씨의 도움을 받아야겠지만…… 도와주시겠습니까?"

"네……. 네, 물론이에요, 사장님!"

눈가를 훔쳐 가며 세차게 고개를 끄덕이는 전예은을 보면서 나는 의자에 등을 기댔다.

"우선 묻겠는데, SBY는 지금 어떻습니까?"

"아…… 그게 말이죠."

전예은은 우물쭈물하며 대답했다.

여기 오기 전까지 천희수와 통화를 한 결과 용의자들은 현장에서 검거했으며, SBY는 그 자리에서 경찰과 임의동행을 했다고 한다.

"……아마, 지금도 조금 어리둥절한 모양이에요. 몰래카메라의 연장선이라고 생각하는 것 같습니다."

"……."

왜 이렇게 순진한 거냐.

듣자하니 악덕 사장(나)에게 불만이 많다고 들었는데, 내 안에서 SBY에 대한 평가를 재고해 봐야겠다.

'이번 활동이 끝나면 어디 비행기라도 태워서 휴가를 보내

줘야겠군.'

나는 쓴웃음을 감추지 않으며 전예은의 말을 받았다.

"천 실장은요?"

"천희수 실장님도 당황하고 계십니다."

최소한 천희수는 이번 일이 몰래카메라가 아닌, 뭔가 있긴 있다고 여기는 모양이군.

나는 그녀에게 강이찬은 어떤지 물으려다가 관두었다.

강이찬과는 곧 따로 담판을 지을 예정이다.

"그러면 일단 이번 일은 착오가 있었단 걸로 해 두겠습니다."

"……착오요?"

"예."

나는 말을 이었다.

"상황은 우리 편입니다. 우리는 해당 장소에서 게릴라 이벤트를 예정 중이었고, SBY는 이번 일을 그 일환으로 알고 있었다는 정도로 입장을 정리해 두죠."

"……예?"

전예은은 무슨 말이냐는 듯 그 커다란 눈을 깜빡였다.

'그녀가 듣기에도 황당한 소리인 줄은 아는 모양이군.'

하지만 전예은에게 말했듯, 상황은 내 편이었다.

나는 태연하게 입을 뗐다.

"물론 공식적인 입장은 아닙니다. '사설' 혹은 '찌라시'라고도 일컫는 그런 쪽이죠. 대외에 발표할 공식적 입장으로는 '눈앞에서 벌어진 범죄 상황을 좌시하지 않고 범인에게 응징을 가했다'는 방향으로 움직이겠습니다."

"……."

전예은은 내 말을 들으며 입을 헤벌리고 있다가 금세 제정신을 차렸다.

"하, 하지만 사장님, 그렇게 되면 오히려 본격적으로 조광과 척을 지는 게……."

나는 고개를 저었다.

"아뇨. 오히려 여론을 우리 편으로 만들어 두는 것이 유리하죠."

잘만 하면 표창장을 받을 수 있을지도 모르고, 그건 그 자체만으로도 SBY에게 호재였다.

황금 시간대 공중파며 신문 표지에 SBY의 이름이 오르내린다는 건, 만금을 주고도 성취하기 힘든 일이다.

오히려 노이즈 마케팅이란 도박까지 해 가며 사람들 입에 오르내렸으면 하는 이들도 널린 마당에, 이런 미담(?)으로 뉴스를 장식한다?

'이게 호재가 아니면 뭐겠어. 어쩌면 이걸로 경찰돌 같은 명칭으로 여론의 힘을 입어 그들도 꿈에 그리던 1위를 하게 될지도 모르지.'

뭐, 그런 반사이익은 둘째 치고.

나는 재차 말을 이었다.

"암만 궁지에 몰린 조설훈이 막나간다고 하더라도 여론의 관심이 쏠린 SBY에게 해코지를 가하지는 못할 겁니다."

전예은이 우려하는 바와 달리 오히려 임 뭐시기 라는 조설훈의 행동대장을 꼬리 자르기 하는 거라면 몰라도, 이번 일을 두고 조광이 대놓고 나서지는 못할 것이다.

구봉팔에게 들은 바, 조광의 내부 분열은 가속화되고 있었다.

애당초 조성광 한 사람의 카리스마로 지탱되던 곳이 조광이란 그룹이니, 그 구심점을 잃어버리고 난 이후가 어떻게될지 정도는 불 보듯 뻔했다.

더욱이 조광은 조성광 회장의 1인 독재 체제로 경영되는 회사라는 대외적 인식과 달리, 구조적으로는 무수한 동종 업계의 연합체 형태로 이루어져 있다.

당사자인 조성광 역시 생전부터 그걸 잘 알고 있었을 것이다.

'어쩌면, 조세화에게 유산을 물려준단 것도 노망이 나서 그랬던 건 아닐 거야.'

조성광은 조세화에게 지분을 남겨주는 것으로 그녀가 호적상의 부친인 조설훈에게 자신이 가진 경영권을 양도할 것임을 예측했을 것이다.

전생에는 조성광의 그 수가 잘 먹혀들었다.

조성광의 사후, 유산 일부를 물려받은 조세화는 자신이 가진 지분을 조설훈에게 가져다 바쳤고, 조성광의 사후 벌어지리라 예상되던 조설훈, 조지훈 두 형제간의 싸움은 조설훈이 가진 지분이 조지훈을 압도하며 싱겁게 막을 내렸다.

그러니 깨물어서 안 아픈 손가락 없다지만, 조성광은 이미 조설훈에게 자신이 이룩한 왕국을 물려줄 준비를 해 두었던 것이 아닐까.

'그 계산에 나라는 변수를 넣지 못한 게 불찰이라면 불찰이지만…… 그건 그의 미숙함을 탓할 일은 아니지.'

이도 저도 아니라면 말년에 득한 자신의 막내딸을 아꼈을 뿐이라고 생각할 수도 있겠지만.

나는 생각에 잠긴 전예은을 보았다.

'전예은을 조성광에게 데려가 그 속내를 알아내지 못하는 한 알 수 없는 일이야.'

어차피 지금 와선 그 본의가 무엇이었는지 따윈 중요한 일이 아니다.

'중요한 건 현재 벌어지고 있는 일이지.'

전예은은 내 짧은 침묵 속의 시선을 어떤 동조, 혹은 자신의 의견을 기다리는 것이라 해석했는지 조심스레 입을 뗐다.

"하지만 사장님, 우리가 지유진 씨를 구한 걸 게릴라 이벤트의 일환이었다고 둘러대는 것도 가능하지 않을까요? 어쩌면 경찰에서도 일이 커지는 건 바라지 않을지도 모르고요."

"예은 씨의 말대로 게릴라 이벤트의 일환이었을 뿐이라고 언론 플레이를 하는 수도 있지만, 어쭙잖게 대응하는 건 되레 반감을 불러일으켜 역풍이 불 겁니다. 현장에는 목격자도 많았잖아요?"

"......"

내 말을 곰곰이 되씹어 본 전예은은 납득한 건지, 마지못해 그런 것인지 모를 고갯짓으로 머리를 끄덕였다.

"그러면 사장님, 지금부터는 어떻게 하면 좋을까요?"

전예은은 신중한 성격이지만, 일을 결행해야 할 때가 오면 과감하게 밀어붙일 줄도 알았다.

'이번에 지유진 납치를 막은 것도 그 과감성의 단면일 테고.'

나는 생각해 둔 바를 입에 담았다.

"우선 천 실장님에게 연락해서 상황이 파악될 때까진 공식적인 대응은 자제해 달라고 전해야겠죠. 음, 일단 '다행히 다친 사람은 없다'는 정도로만 발표를 합시다."

전예은은 메모지를 꺼내 내 말을 꼼꼼히 받아 적었다.

"예. 그러면 천 실장님을 통해 연예부 기자들에게 연락을 돌리겠습니다."

스마트폰이 활성화된 시대였다면 이 또한 대중들의 호기심과 궁금증을 자극할 좋은 마케팅이 될 수 있었겠지만, 아직 그 효과를 극대화하기에는 시대가 일렀다.

"저, 사장님."

"예."

"아까 말씀하신 도깨비 신문 김기환 대표님께도 연락을 해 볼까요?"

감각은 있네.

스마트폰 시대에 비하면 그 파급력도 달과 반디의 차이겠지만, 그래도 인터넷은 인터넷. 우리가 선점한 언론 플레이가 가능하다면 그것도 나쁘진 않다.

"그러죠. 연락처를 드리겠습니다."

"예, 사장님."

"다음은 경찰 진술인데……."

나는 잠시 생각하다가 물었다.

"해당 사건은 광수대 측이 담당하고 있으니, 잘만 하면 일이 쉽게 풀릴지도 모르겠습니다. 우리는 그쪽에 강하윤 형사님과 정진건 형사님이란 인맥이 있으니까요."

박상대 건으로 강하윤과 제법 친분이 있던 전예은은 쓴웃음을 지었다.

"예. 연락을 넣어 보겠습니다."

엄격한 잣대를 들고 따지고 보면 이번 일은 광수대 측의 불찰에서 비롯한 일이었기에, 그들은 이 일을 유야무야 덮고자 할지도 모른다.

'김보성 검사가 그럴 거라고는 생각하지 않지만…… 그래

도 사건을 미연에 방지했을 뿐만 아니라 범인 체포에도 협조
를 했으니 그 부분을 잘 물고 늘어지면 이쪽에 유리한 답변
을 끌어낼 수 있겠지.'

이후 나는 전예은과 빠르게 대화를 주고받으며 우리 측의
대처 방안을 모색했다.

"자, 그러면 빠르게 움직입시다."

"네, 사장님."

나는 함께 일어서면서 전예은에게 덧붙였다.

"그리고 나가는 길에 강이찬 씨더러 잠시 보자고 전해 주
세요."

내 말에 전예은이 멈칫했다.

애당초 그녀는 강이찬이 누구인지, 또 어떤 사주를 받고
내게 붙어 있었는지 알면서도 내게 이를 보고하지 않았다.

그건 그것대로 조금 괘씸했지만.

'……하지만 지금은 왠지, 전예은이 강이찬 건에 대해 보
고하지 않은 까닭도 알 것 같군.'

그녀는 강이찬의 정체를 내게 밝혀 그를 경계하고 내치는
것보다 그가 한편이 되어 주는 것이 상황상 유리하다고 판단
했으리라.

아니면 강이찬의 존재가 그녀에게 보험이 되어 줄 수 있단
판단이거나.

'어느 쪽도 상관은 없지.'

전예은은 고개를 꾸벅 숙였다.

"……예."

그녀도 우리 둘 사이에 무슨 대화가 오가는지는 '정확히' 짐작하지는 못할 것이나, 상관하지 않았다.

오히려 조금 심술을 부려 보자면 강이찬과 대동할 그 자리에 전예은을 동석시켜도 무방할 지경이나(전예은은 어차피 알게 될 일이므로), 그랬다간 앞으로 전예은과 강이찬 사이의 입장이 곤란해질 수 있기에 나는 모른 척해 주기로 했다.

전예은이 사장실을 빠져나가는 것과 동시에 강이찬이 교차로 사장실로 들어섰다.

"부르셨습니까."

좀처럼 사장실로 호출하는 경우가 없어서였는지 강이찬은 딱딱한 얼굴이었다.

'그래도 정체를 알고 나니, 왠지 새삼 달리 보이기는 하는군.'

운전 실력도 좋았지만, 오늘 있었던 일을 돌이켜 보면 그의 경호 능력은 일류일 것이다.

'무엇보다 내 안전이 가장 중요하다, 그 자체는 사실이야. 그러니 지금은 강이찬만큼 든든한 존재도 달리 없지.'

전생에 뒷돈을 받고 이성진의 죽음을 방관했던 경호실장과는 비교를 불허할 지경이다.

'뭐, 그도 입장에 따라선 나를 배신할 여지도 있긴 하지

만.'

최소한 일에는 진심인 인물이니, 기우는 접어 두자.

"오래 기다리셨죠?"

"아닙니다."

일부러 홀로 있을 시간을 넉넉히 주었지만, 표정을 보아하니 그 어떤 보고도 듣지 못한 모양이다.

이는 곽철용이며 이진영이 향후 강이찬의 처우를 내게 맡기겠단 의미로 해석됐다.

"편하게 앉아 계세요. 아, 차라도 타 드릴까요?"

"아뇨, 괜찮습니다."

나는 태연한 척 그더러 자리에 앉도록 인도했고, 강이찬은 담담한 얼굴로 상석 대각선 자리 소파에 엉덩이를 붙였다.

나는 그런 그를 보면서 빙긋 미소를 지었다.

"오늘 활약이 대단하셨다고 들었습니다."

"……."

강이찬은 잠시 침묵했다가 조금 힘겹게 입을 뗐다.

"두 번 다시는 같은 일이 없도록 하겠습니다."

질책을 하려고 부른 게 아닌데.

'내 말이 비꼬는 것처럼 들렸나?'

나는 미소를 살짝 거둬들였다.

"그래요? 저는 능력이 있는 사람이 합당한 일에 실력을 행사하는 일이 잘못된 일이라고는 생각하지 않습니다만."

"……제 업무는 어디까지나 사장님을 비롯한 사원들이 안전하게 이동할 수 있도록 돕는 것뿐입니다."

그 말투는 마치 무슨 죄라도 지은 듯했다.

'……어쨌건 무력을 쓴 일로 칭찬을 받고 싶진 않다는 거로군.'

하긴, 그는 '서류상의 이력'을 제외하면 어디까지나 내 운전기사일 뿐이니, 그런 방면의 언급은 그 자체로서 불편할 것이다.

나는 시치미를 떼고 물었다.

"하지만 오늘 강이찬 씨가 하신 건 사회 통념상으로도 옳은 일이잖아요? 저는 회사 업무보다 우선시해야 할 일이 있다고 믿습니다."

"……무슨 말씀이신지, 잘 모르겠습니다."

정말로 전예은은 아무 설명도 없이 다짜고짜 '저 사람을 잡아 주세요' 하며 일을 부탁한 모양이었다.

그렇다고 그 갑작스러운 요청의 전후에 설명도 요구하지 않으며 잠자코 전예은의 말을 따른 강이찬도 인물은 인물이었다.

'일종의 직업병인가? ……오는 길이 엄청 어색했겠군.'

나는 그걸 전예은이 이 일을 내게 맡기기로 한 거라고 해석했다.

'당시엔 그녀로서도 일단 저지르고 보잔 심정이었을 테니.

뭐, 괜한 말을 해서 일을 복잡하게 만드는 것보단 낫지.'

나는 일부러 헛기침을 했다.

"아, 예은 씨가 설명을 안 해 주셨나 보군요. 오늘 강이찬 씨가 제압한 사람은 어떤 사건의 중요 참고인의 가족이었습니다."

"……."

"그러니까 강이찬 씨는 SBY와 함께 거리에서 납치될 뻔한 누나를 구하고 범인을 체포하는 일에 도움을 주신 거죠."

내 말에 강이찬은 현장을 복기하듯 가만히 있다가 차분한 말씨로 되물었다.

"이해가 잘 되질 않는군요. 그러니까 상황을 정리하자면 '우연히' 그 자리를 지나던 저와 전예은 씨가 마침 누군가를 납치하려던 순간을 발견하고 임기응변을 발휘해 사건에 개입한 것이 아니었습니까?"

그 말이 맞지.

하지만 나는 아랑곳하지 않고 담담하게 말을 받았다.

"정확히 말하자면 오늘 있었던 일은 우연이기도 하고, 필연이기도 합니다. 확률상으로는 대비하고 있던 가능성 중 하나였죠."

"……."

강이찬은 분명 어리둥절할 기분을 내색하지 않고 무표정한 얼굴 아래에 감추고 있었다.

'프로는 프로구먼.'

나는 강이찬을 앞에 두고 마른 입술을 축이고 싶은 기분을 내색하지 않으면서 입을 뗐다.

"실은, 예은 씨와 강이찬 씨가 오시기 전까지 저는 제 재종형님을 만나고 있었습니다."

이진영을 언급했더니 강이찬이 움찔했다.

'슬슬 진실 섞인 거짓을 늘어놓아 볼까.'

나는 강이찬을 향해 말을 이었다.

"기억하시죠? 이진영이라고."

"……예, 물론입니다."

그는 부정하지 않았다.

그야, 이진영은 애당초 내게 강이찬을 소개해 준 당사자이니 강이찬도 그를 모른다고 잡아뗄 수는 없으리라.

"그런데 그걸 왜……."

다만 강이찬도 그 정도만으로는 흔들리지 않았고, 나 역시이 정도 암시만으로는 그가 자신이 처한 입장을 부인하리라예상하고 있었다.

"아, 예. 그동안 내부 논의 중이던 사안이 어젯밤 마무리되었거든요. 오늘 제 재종형님을 불러 이야기를 나눈 건 그연장선의 일이었죠."

"……."

"그리고 어젯밤에는 평소 제 조부님과 친하게 지내던 어르신과 함께 사업 이야기를 나누며 저녁을 먹었습니다. 성함이 곽 철 자 용 자 되시는 분인데…….”

“…….”

나는 의도적으로 곽철용의 이름을 언급하며 슬쩍 강이찬의 눈치를 살폈다.

‘제법 반응이 있군.’

그를 잘 모르는 사람이라면 그 표정 변화를 눈치채지 못할 것이나, 처음부터 강이찬을 경계해 온 나는 그의 훈련된 시종일관 무표정한 얼굴에서 나오는 심리 변화 추이를 얼추 알아볼 수 있었다.

이진영이 언급된 순간부터 동요하던 강이찬은 곽철용의 이름이 나오고부턴 그 심상 속 흔들림이 큰 낙폭을 보이고 있었다.

나는 그가 무의미한 거짓말로 상황을 넘겨 버리기 전에 얼른 말을 이었다.

“……예전부터 물밑에서 저를 도와주시던 분입니다만, 이제는 조금 더 본격적으로 저를 도와주시기로 하셨거든요.”

“……그랬습니까.”

강이찬은 담담한 얼굴로 내 말을 받았다.

하지만 그의 담담함은 더 이상 자신의 입장을 속이거나 감추려 하는 작위적인 평온함과는 거리가 멀었고, 되레 현 상황을 인정하는 체념 섞인 담담함에 가까웠다.

"……."

그리고 강이찬은 침묵했다.

그 침묵은 길지 않았다.

"언제부터 눈치채셨습니까?"

퍽 단도직입적이군.

여기까지 온 이상 오리발을 내미는 건 무의미하단 걸 깨닫자마자 그는 내게 감춰 온 자신의 존재를 시인했다.

나는 그런 강이찬을 보며 보란 듯 미소를 지었다.

"처음부터요."

"……."

"아, 워딩을 조금 더 정확히 해야겠군요. 솔직히 제 재종형님께 처음 강이찬 씨를 소개받았을 당시부터 그 저의를 의심하고 있었습니다."

나는 미소를 거둬들이며 담담하게 말을 이었다.

"새삼스러운 사실을 숨길 필요는 없겠죠. 저나 제 재종형님은 대한민국에서는 자타가 공인하는 삼광 그룹 재벌가 3세에 속합니다. 또, 그 출신 탓에 남들이 보기에는 퍽 화려하고 호화로운 삶을 사는 것처럼 보일 거란 것도 부정하지는 않습니다."

재벌가의 삶은 화려하다.

삼광 그룹의 경우는 이휘철의 성정 탓에 '비교적' 검소하게 지내는 편이라고 하나, 그 생활상은 일반적인 기준 잣대, 어중간한 졸부 수준의 재산으로는 따라 하기 힘든 것이었다.

몇 세대, 최소 몇십 년간 부를 쌓아 온 이들은 이 시대 기준 몇 년 전부터 급속히 생겨난 땅 부자 졸부들이 쫓아올 수 없는 무언가가 있다.

먹는 것, 입는 것, 몸에 닿는 것 중 어느 하나 최고급이 아닌 것이 없고 아직 대중화되지 않은 시대를 앞서간 물류를 일상적으로 쓴다. 내가 기억하기로 그들은 비데를 이미 몇 년 전부터 사용해 왔을 정도였다.

단순한 농산물조차 한정 수량만을 생산해 재벌가에게만 납품하는 최상품. 거기엔 '무엇이 좋은 것인지'를 아는 정보가 있었고, 그 정보란 돈 주고도 구할 수 없는 그들의 커뮤니티와 사생활에 스며 있다.

하지만 여기서조차 내가 예시로 든 건 어디까지나 '물질적'인 것에 국한한 것이고, 그들에게 주어진 무형의 문화적 자산은 가늠조차 힘들다.

졸부들이 재벌들의 '고상한 취미'를 흉내 내 보자고 클래식을 듣고 오케스트라 연주회에 드나들며 전시회에 가서 마음에 드는 그림을 한 점 구할 때, 재벌가는 이미 그들을 후원하며 '취향에 맞는' 예술가를 키우고 있다.

그런 것을 일컬어 '혈통'이라고 하는 것일까.

오랜 세월 재벌가와 가까이 부대끼며 지내 온 나조차도 그들이 일상적으로 쓰는 언어, 내재된 심성, 향유하는 취미, 체화된 몸짓, 주변 인물관계 등까지 파고들면 허점과 간극이 생긴다.

그런 요소는 흉내 내는 것조차 엄두를 내기 힘들었고, 이는 결국 나로 하여금 알게 모르게 이진영이 내게 말했던 '서민적인 면모'로 비칠 것임을, 나는 안다.

그래서 나는 내 '서민적 면모'를 나만의 개성, 자수성가한 이휘철로부터 이어진 가풍이자 이태석의 '남다른 검소함', 재벌가에 간혹 나타나는 비주류적 취미의 일환 정도로 포장해 오고 있었던 것이지만.

"……그 부류에서는 저나 제 재종형님도 다소 특이한 쪽에 속해 있긴 하지만…… 아무리 그렇다고 해도 덥석 '선물'이랍시고 외제 승용차와 운전기사를 안겨다 줄 정도는 아닙니다. 하물며 아직 피차가 미성년자인 사이인걸요."

방금 강이찬에게 한 말조차 오롯한 사실은 아니나, 어차피 그는 재벌가의 삶을 짐작하지 못한다.

"그런 건 모아 둔 용돈만으로는 할 수 없는 일입니다. 뭐, 제 재종형님도 저처럼 따로 수입처가 있어서 충분히 가능했을지도 모릅니다만, 저는 저 스스로가 여타 재벌가 도련님과 조금 다르단 걸 자부하고 있어서요. 저라고 해도 남에게 덥석덥석 그런 값진 것을 선물할 여건은 되지 않습니다."

그렇기에 나는 내 말속에 선입견 섞인 진실과 뻔뻔한 거짓을 자연스레 섞어 놓을 수 있었다.

"그러니 저는 제 재종형님이 저에게 외제 승용차와 강이찬 씨를 소개해 주었을 때부터 외적 개입이 있으리라 생각했죠."

"……."

또, 이 대목 역시 그가 알 리 없는 거짓이 섞여 있다.

이 부분에 대해선 나도 정확히 아는 바가 없으니 확신할 수는 없지만, 제아무리 출처를 밝힐 필요 없는 눈먼 돈이 흘러와 고여 드는 안기부라 할지라도 '업무에 필요하다는 이유로' 아무렇지 않게(즉, 세탁이 잘된 돈으로) 독일제 세단을 떡 하고 구매할 여력은 되지 않는다.

아니, 최소한 어젯밤 곽철용과 대화를 나눠 본 바, '그의 영향력이 발휘되는 범주상으로는' 그러했다.

'자금 상황이 풍족해 보이진 않았지.'

곽철용도 정권이 바뀌어 감에 따라 안기부에 가는 예산도, 권한도 축소되어 감을 인지하고 있을 것이다.

'한편으론, 내게 외제 차를 선물한 것 자체는 이진영이 가진 재산에서 나온 거란 의미지……. 아무튼 괴상한 놈이야.'

그러나 어쨌든, 강이찬에게 얼마나 큰 권한이 있는지는 몰라도 그의 나이를 감안해 볼 때, 몰락해 가는 조직의 미래를 점쳐 볼 깜냥은 되지 않으리라 생각했고, 강이찬은 내 짐작대로 이 모든 이야기를 자연스럽게 받아들이는 중이었다.

"하지만 강이찬 씨의 전업이 무엇이었는가 하고 본격적으로 눈치를 채기 시작한 건 운락정을 다녀왔을 때부터입니다."

여기서부터는 진실.

"운락정에서 최갑철 총재님을 만났던 그날, 제 조부님과 곽철용 어르신께서 자리를 함께하셨죠."

말단이라고는 하나 강이찬 역시도 운락정이 무얼 하는 곳이며 그곳을 들락거리는 사람이 누구인지, 거기서 어떤 대화가 오갈지 정도는 짐작하고 있으리라.

더군다나 그는 직접 그 두 눈으로 운락정에 모여든 거물들을 목도했다.

나는 태연하게 말을 이어 갔다.

"저는 평소부터 정보를 나눠 분산해 왔습니다. 쉽게 말하자면 A에게만 한 말이 B에게 알려지면, B가 알고 있는 정보는 A에서 비롯한 것이란 거죠. 운락정은 그중 하나였습니다."

이것도 진실.

나는 내가 가진 정보, 즉 내 행동 양상을 인격을 분리하듯 다방면에 걸쳐 그때마다 다르게 사용해 오고 있다.

다만 이 평소부터 갈고닦아 온 습관은 내 타고난 천성은 아니었고, 전생 때부터 연마된 조심성에서 기인한 것이다.

'지금은 그마저도 내 미숙함 탓에 어그러지고 있지만.'

그리고 강이찬은 별다른 반응 없이 내 말을 곧이곧대로 들으며 현상을 결과에 맞춰 생각하는 모양이었다.

나는 말을 이었다.

"자세한 건 말씀드리기 곤란합니다만, 저는 거기서 제 움직임이 어디론가 새어 나갔단 걸 알았고 평소 생각해 오던 바를 파고들었습니다."

이번엔 줄곧 침묵을 지키던 강이찬이 입을 열었다.

"그러면 운락정에서는…… 처음부터 그렇게 되리란 걸 알고 계셨던 겁니까?"

나는 어깨를 으쓱였다.

"그런 셈이죠. 저는 이미 곽철용 어르신께서 무얼 하는 분인지 알고 있었거든요. 거기서 개입하실 확률은 반반이었습니다만……."

"……."

거짓말이다.

나는 운락정 이후에야 곽철용이 내가 주의해야 할 인물임을 알고 우선순위를 변경했으니까.

'물론 그 전부터 범상한 영감은 아닐 거라고 생각하고는 있었지만.'

나는 거짓말을 한 것을 그가 눈치채지 않게끔 서둘러 말을 이었다.

"어르신께서 어떤 업에 종사하고 계신지 알아내는 것 자체는 어렵지는 않았습니다. 저희 조부님과 개인적인 친분이 있어서 종종 뵙기도 했고, 또 어르신께서는 제가 정답에 근접할 수 있게끔 의도적으로 빈틈을 만들어 둔 채 제가 알아내길 기다리셨으니까요."

이번에도 조금 거짓이 섞였다.

당시 나는 곽철용의 뒤를 캐며 그가 안기부 출신은 아닐까 의심하긴 했지만, 그때만 하더라도 그를 조심해야겠다는 정도의 구상밖에 떠올리지 못했다.

만약 그가 일산출판사의 관계자였다는 걸 그때 알았더라면, 나는 사안을 다른 관점과 방향으로 접근했으리라.

'지금 강이찬에게 말하는 것처럼.'

나는 다시 입을 꾹 다문 강이찬을 보며 말을 이었다.

"그러던 저는 어저께 비로소, 제가 알아낸 사실을 들고 어르신과 만날 수 있었습니다. 곽철용 어르신을 제대로 만나 뵈려면 제 쪽에서도 나름의 준비가 필요했거든요."

"……준비라고 하심은."

"거래죠."

강이찬이 움찔했다.

"……거래 말씀입니까?"

다소 속물적일 수 있는 이야기에 강이찬은 조금 언짢은 기색을 스치듯 내비쳤지만 나는 아랑곳하지 않았다.

"소위 말하는 사과 박스 이야기는 아니니까 걱정 마세요. 서로가 처한 입장을 평등하게 조율했을 뿐입니다."

나는 당당하게 우리 사이에 있었던 거래를 입에 담았다.

"공교로운 일입니다만, 제가 인수하기로 한 출판사가 곽철용 어르신과 무관계하지 않았거든요."

강이찬은 '출판사'라는 키워드에 반응을 보였다.

'하긴, 곽철용의 부하니까 그 위장 인명 소속이 어디에 있었는지 정도는 그도 알겠지…….'

나는 말을 이으며 의도적으로 어휘 일부에 힘을 주었다.

"'구체적인 사안은 저도 잘 모릅니다'만. 곽철용 어르신께서 하시는 일의 인력과 공무적인 배치의 명단이 해당 출판사에 재적되어 있었죠."

"……."

한편으론 그도 내가 일산출판사를 인수하는 과정 모두를 표면적으로나마 지켜봐 왔을 것이다.

"물론 제가 출판사 하나를 인수하는 게 그분께는 별일이 아닐 테지만, 어젯밤 좋게 이야기가 끝난 것으로 미루어 짐작해 보자면 굳이 잘하고 있던 일을 덮고 새로운 자리를 알아보는 것도 조금 수고로운 일이셨던 것 같습니다."

내 말을 들은 강이찬은 이제 숨기지도 않고 생각에 깊이 잠겼다.

어차피 조금만 알아보면 다 들통날 일이니 그도 이미 한 내 말의 진위 여부를 의심하는 눈치는 아니었다.

오히려 지금은 안기부와 협력 관계에 놓인 SJ컴퍼니와 나, 그리고 강이찬 스스로의 입장에 대해 생각하고 있는 것이리라.

'이제 가장 큰 거짓말이 남았지.'

나는 그를 살피며 천천히 입을 뗐다.

"그동안 강이찬 씨께서는 제가 의도적으로 거리를 두는 것처럼 느끼셨을 겁니다."

"……."

그는 내 말에 침묵으로 답했다.

'긍정한단 의미로군.'

나는 그의 침묵을 알아들었다는 듯 의도적으로 뜸을 들였다가 말을 이었다.

"하지만 여기까지 들으셨다면 제가 어째서 강이찬 씨에게 흉금을 털어놓지 못했는지 이해해 주시리라 믿습니다."

"……제가 먼저 사장님을 속이고 있었기 때문입니까?"

자조적으로까지 들리는 그 대답에 나는 쓴웃음을 지었다.

"꼭 그렇다고 말하기보단…… 아뇨, 그것도 어느 정도는 영향을 미쳤던 거 같군요. 최소한 강이찬 씨가 제게 온 초창기엔 그랬습니다. 저는 강이찬 씨를 경계하고 있었거든요."

"……."

내 노골적인 답변에도 불구하고 강이찬은 그저 묵묵히 고개를 끄덕일 뿐이었다.

나는 그 끄덕임을 자조 섞인 동의라고 해석하기로 했다.

"저는 누군가의 호의를 조건 없이 받아들일 수 없는 입장입니다. 삼광 그룹이 존속하는 한은 아마, 앞으로도 그러겠죠. 누군가는 더 큰 이익을 위해 일부러 몸을 낮춰 호의를 표할 것이고, 누군가는 저를 공격하기 위해 선물을 보낼 것입니다."

나는 거울을 보며 연습한 쓸쓸한 표정을 그에게 내비쳤다.

얼굴이 무기인 이성진이니, 그 무기를 연마하는 것 역시 중요한 일이라고 생각했다.

'거울에 비친 이성진의 모습을 보는 건 조금 괴로웠지만.'

그게 강이찬에게 잘 먹혀들었는지는 모르나, 앞서 깔아 둔 밑밥 덕분인지 아주 안 통한 건 아닌 듯했다.

나는 추가타를 날렸다.

"그리고 그건 저에게 호의를 보내오는 제 재종형님이나 곽철용 어르신도 마찬가지겠죠. 앞서 말씀드린 대로 저는 커다란 선물에는 선의만 있는 게 아니라고 생각하니까요."

초등학생 입에서 나오기 힘든 냉소적인 반응에 강이찬은 당황한 눈치였지만 그는 이를 부정하거나 위로의 말도 꺼낼 수 없다는 듯 꾹 다문 입을 일자로 만들었을 뿐이었다.

"뭐, 그것도 이제 지나간 일입니다."

나는 보란 듯 살짝 미소를 지었고 강이찬은 내 미소를 어리둥절해했다.

그는 내가 의미심장하게 서두를 꺼낸 걸 '지나간 일'로 치부하고 만 것이 의아한 기색이었다.

나는 담담한 말씨로 대답했다.

"흠, 좀 더 정확히는……. 강이찬 씨도 최근 제가 조광 그룹과 관계가 어떻다는 건 잘 알고 계실 겁니다. 동시에 그 일로 경찰 측과 이런저런 대외 협력 관계를 유지했다는 것 도요."

"……."

강이찬은 머릿속으로 내가 이런저런 일로 정진건이며 강하윤과 어울리던 걸 떠올리는 모양이었다.

나는 그런 그를 보며 차분하게 말을 이었다.

"또한…… 실은 오늘 있었던 일 역시도 조광 그룹과 무관하지 않은 일이었습니다."

강이찬은 그 대목에서 오늘 지유진을 납치하려던 괴한을 제압했던 일을 떠올렸는지 미간을 살짝 찌푸렸다.

"무슨 말씀입니까?"

"하나씩 풀어 봐야겠군요. 오늘 아침 뉴스는 알고 계십니까?"

"……조세광이 체포되었다는 소식 말씀입니까?"

나는 고개를 끄덕인 뒤, 내가 알고 있는 정보와 전예은에게 들은 정보를 종합하여 그에게 사건을 재구성해 들려주었다.

"예. 어젯밤 광수대 측은 박길태 살해 용의자로 조세광을 체포했죠."

"……."

"그리고 광수대는 조세광이 박길태를 살해했단 증언을 확보하였습니다. 그 증인이 바로 오늘 낮에 납치당할 뻔한 지유진의 오빠였습니다."

뒤이은 말을 들은 강이찬은 그 공교로운 일치에 당혹감을
감추지 못했다.

"……그러면."

"강이찬 씨는 조광이 저지를 범죄를 미연에 막아 내셨단
거죠. 아, SBY 멤버들도 빼놓을 수 없겠군요."

"……."

강이찬은 굳은 얼굴로 생각에 잠겼다가 고개를 들었다.

"즉, 오늘 있었던 일은 모두 계획하의 일이었던 겁니까?"

"그렇기도 하고, 아니기도 합니다. 저라고 해서 제 식구들
을 그런 위험에 빠트리고 싶었겠습니까."

나는 한숨을 내쉰 뒤.

"……저도 당초엔 어디까지나 소극적으로 손을 빌려주기
로만 약속했을 뿐입니다."

일부러 딱딱한 말씨로 말을 이었다.

"우선은 이 부분부터 짚고 넘어가죠. 제가 조광과 대립하
게 된 건 우연이 아니었습니다. 애당초…… 조광은 저를 탐
탁지 않게 여긴 모양이었고 말입니다."

"……."

이진영에게 들은 바를 슬쩍 흘리자 강이찬의 표정도 딱딱
하게 굳었다.

그 역시 내가 조세광과 골프장에서 만났던 그날, 이진영으

로부터 무언가 언질을 들었던 것이리라.

"그리고 저는 그 과정 속에서 들이지 말아야 할 영역에 발을 들이고 말았던 모양입니다. 일단은 그런 정도로만 말씀드리죠."

내 말에 강이찬은 혼란스러워했다.

'크크. 머릿속이 제법 복잡할 거다.'

지금 나는 삼광 그룹의 장손이자, 광수대 검경 측의 협력자이며 안기부와 모종의 관계를 맺고 있는 인물이었다.

그리고 새삼스러운 이야기지만, 조광은 박상대라고 하는 (지금은 아니지만)야당의 걸출한 정치 신인과 유착 관계에 있었단 정황이 퍼진 상황에 얼마 전엔 총선까지 치른 판국.

'정치인과 경제인의 관계란 어느 때고 좋은 떡밥이지.'

더군다나 강이찬은 내가 '운락정'이라고 하는 높으신 분의 비밀 장소에서 최갑철이라는 거물과 거물 중 둘째가라면 서러울 이휘철, 안기부에서 제법 서열이 높을 곽철용이 모이는 것을 지켜본 인물이다.

강이찬은 그런 물밑회담이 이루어지는 음모론적 세계관을 다 알지는 못할지라도 최소한 그런 것이 존재한다는 것을 알았고, 또 본인부터가 '음지에서 양지를 지향하는' 업의 종사자였다.

'하지만 실력과 별개로 말단은 많은 걸 알지는 못하지.'

나는 음모론의 한 자락을 슬며시 아래에 깔아 둔 뒤 천천히 말을 이었다.

"저도 깊이 아는 건 아닙니다. 그래서 길게 말씀드릴 수는 없지만 저는 이번 일로 제 신변상으로나 경영상으로 적잖은 위기에 처했고, 강이찬 씨도 아시다시피 본의 아니게 조광 그룹의 실세들과 엮일 일이 생기고 말았습니다."

길게 설명하지 않아도, 그는 내 곁에서 일어난 일—병원에서 조설훈, 조지훈 형제와 만났던 것 등등을 알고 있었다.

"이리 뛰고 저리 뛰는 와중, 상황이 조금 복잡해지고 말았습니다. 가능하면 중립을 지키고자 했지만, 그것도 쉽지 않더군요. 저는 회사와 제 자신을 지키기 위해 조광이 무엇을 하는지, 그들이 무슨 공작을 펼치는지 알아야 할 필요가 있었습니다. 하지만 일개 사업가에 불과한 제가 그런 걸 알 방도는 없었고…… 결국 저와 친분이 있던 경찰 관계자의 신세를 지게 됐죠."

나는 다시 한숨을 내쉰 뒤.

"그리고 오늘에 이르러, 저는 조광 측이 증인의 입을 막기 위해 무슨 일을 벌이려 한다는 정보를 입수하게 되었습니다."

딱딱한 말씨로 주제를 바꿨다.

"그리고 예상하였듯 SBY가 해당 장소에서 게릴라 이벤트를 하리란 것 자체는 의도된 일이었습니다. 혹시, 평소보다 인파가 많다고 느끼진 않으셨습니까?"

"……굳이 물으신다면, 그런 편이었다고 느꼈습니다."

"예. 실은 처음부터 일부러 SBY의 행사 장소를 팬들에게 흘려 둔 거죠. 그로 인해 인파가 몰리게 된다면 조광 측도 섣불리 어리석은 일을 하지 않을 것이라고 판단했습니다. 저희가 부탁받은 건 어디까지나 예방책이었을 뿐, 현장에서 그들을 붙잡겠단 것이 아니었거든요."

내 거짓말을 들으며 강이찬은 앞서 언급한 '경찰에 협조 중'이라는 대목을 떠올린 모양이었다.

그는 잠시 생각하더니, 내게 물었다.

"그럼에도 불구하고, 그들은…… 지유진이란 학생을 납치하고자 했던 겁니까."

"예은 씨는 그렇게 판단한 모양이더군요. 오늘 있었던 일 자체는 예은 씨가 현장에서 판단해 진행한 일이었습니다. 다행히 결과는…… 아시는 대로 조광에 불리한 방향으로 진행되었죠. 하지만."

나는 미간을 찌푸렸다.

"그렇다고 해서 그 판단이 제 식구들을 위험에 빠트렸단 것이 정당화되진 않습니다."

여간해선 무표정한 상태를 유지하는 강이찬의 얼굴에 드물게도 씁쓰레한 웃음이 떠올랐다.

"……그러면 전예은 씨는 이번 일에 대해 알고 있었던 겁니까."

나는 고개를 끄덕였다.

"그렇습니다. 예은 씨는 제가 믿을 수 있는 몇 안 되는 사람이니까요."

말하는 것과 달리 정작 나도 그녀를 완전히 신뢰하지는 않지만.

지금 시점에서 내가 신뢰할 수 있는 인물은 한성진과 한성아 정도일 것이다.

"다만, 그렇다고 예은 씨가 강이찬 씨의 원래 업이 무엇이었다는 걸 알고 있었단 것은 아닙니다. 여차할 때 신뢰할 수 있는 사람…… 아마 그 정도 생각은 하고 있겠지만요."

"……."

"예은 씨에게는 혹시 있을지 모를 불미스러운 일에 대해 언질을 주었을 뿐입니다만, 결국 현장 판단을 우선시했더군요. 그래서 예은 씨도 강이찬 씨에게 무리한 부탁을 드리고 말았던 모양입니다."

그리고 이 일이 꼬리 자르기로 보이지 않게끔.

"이번 일은 제가 예은 씨를 대신해서 사과드리겠습니다."

나는 보란 듯 정중하게 고개를 숙였다.

자고로 '부하를 위해 뒤에선 고개를 숙일 줄 아는 상사'라는 건 남자의 심금을 울리는 법.

'그것도 가녀린 소녀를 위해서라면, 더더욱.'

그러자 예상한 대로 강이찬은 전예은을 변호하듯 내 말을 받았다.

"아닙니다. 사장님께서 사과하실 일은······."

"하지만 그로 인해 위험에 빠질 뻔하지 않으셨습니까?"

내 걱정 어린 말에 강이찬은 씁쓰레 웃었다.

"괜찮습니다. 자랑은 아닙니다만······ 어느 정도 제 몸을 지킬 수준은 됩니다."

그럴 리가.

'겸손이 과하군.'

거친 바닥을 굴러다닌 덕에 나도 전생부터 날고 긴다 하는 놈들을 제법 많이 봐 왔지만, 강이찬 정도의 실력자는 손에 꼽을 정도였다.

'그리고 내 판단은 틀리지 않은 것 같고 말이야.'

전예은 역시 강이찬이 별 볼일 없는 건달에게 당할 거라곤 생각하지 않았을 거고.

나는 진지한 얼굴로 입을 뗐다.

"하지만 앞으로는 이런 일이 없을 겁니다. 앞서 말씀드렸 듯, 이제는 지나간 일이 되었으니까요."

내 말에 강이찬은 희미한 미소를 지었다.

"그렇군요."

좋아.

이로써 일이 잘 마무리되었군.

'충성까진 바라지 않지만, 그래도 이제부턴 강이찬을 조금

편하게 부려 먹을 수 있겠어.'

이렇게까지 해 뒀으니, 이제 이진영도 강이찬에게 간섭할 여지는 없고, 내 부탁이면 곽철용도 그를 놓아줄 것이다.

'설령 배신을 이어 간다고 할지라도 내겐 전예은이 있으니, 그 정도는 꿰뚫어 볼 수 있겠지.'

그래서 전예은을 대신해 일부러 고개까지 숙였다.

전예은 역시도 내가 자신을 위해 고개를 숙였다는 걸 알면, 조금 감동하지 않을까.

강이찬이 미소 띤 얼굴로 말을 이었다.

"그럼 이제 안심하고 사장님의 운전기사직을 내려놓을 수 있겠습니다."

"……네?"

엥?

"지금 무슨 말씀이신지, 저는 잘……."

강이찬은 나를 물끄러미 쳐다보며 입을 뗐다.

"이젠 사장님도 잘 아시겠지만, 저는 지금껏 다른 사람에게 사장님의 동선을 알려 왔습니다. 그건 고용주를 향한 배신이고, 한 번 무너진 신뢰 관계는 회복되지 않기 마련입니다."

"……."

"그러니 저는."

그는 이를 예전부터 품에 넣고 다녔던 듯, 안주머니에서 꾸깃꾸깃한 봉투를 꺼내 탁자 위에 내려놓았다.

사직서

멍하니 봉투를 보는 내게 강이찬이 말을 이었다.

"이번 일이 마무리되는 즉시 물러나도록 하겠습니다."

"⋯⋯."

잠깐, 이건 내 시나리오에 없었는데.

강이찬은 앞으로 내 눈에 흙이 들어가는 걸 막아 줘야 할 사람이다.

'기껏 작업을 쳐 놨더니, 내가 미쳤다고 너를 놔주겠냐.'

나는 속으로 입맛을 다셨다.

'별수 없지. 이 촌극을 조금 더 이어 가야겠군.'

나는 강이찬의 말을 담담하게 받았다.

"한 가지, 사적인 걸 여쭤봐도 될까요?"

"⋯⋯말씀하십시오."

"강이찬 씨는 이번 일을 마치면 본래 업무로 돌아갈 건가요?"

내 말에 강이찬이 쓴웃음을 지었다.

"그렇지 않습니다."

"왜죠?"

"⋯⋯."

강이찬은 잠시 망설이다가 이젠 더 숨길 필요가 없는 일이란 걸 자각했다는 듯 막힘없이 대답했다.

"처음 사장님께 소개받기 전, 예전부터 계속해 오던 업무를 관두는 것을 전제로 이 일을 받아들였습니다."

오호라.

'이걸 보면 강이찬도 참 대쪽 같단 말이야.'

아무튼 그렇다면야 궤변을 늘어놓을 구석이 생기겠군.

나는 고개를 끄덕였다.

"그러면 현재는 민간인 신분이군요."

"예."

"잘 알겠습니다."

"……."

"저는 이 일로 강이찬 씨의 사직서를 수리하지 않겠습니다."

강이찬이 움찔했다.

"……예?"

"방금 강이찬 씨는 제 동선을 타인에게 밝힌 것으로 저에 대한 신뢰 관계를 잃었고, 그것을 저에 대한 배신이라 말씀하셨지만, 저는 강이찬 씨의 말에 동의하지 않습니다."

"무슨 말씀이신지……."

"좋습니다. 그러면 일단 제게 말씀하셨던 '고용주에 대한 배신'과 '신뢰 관계가 무너졌다'는 잘못된 전제부터 바로 잡고 넘어가죠."

나는 천천히 말을 이었다.

"강이찬 씨는 제 회사에 고용되어 운전기사 업무를 수행하면서 부당하게 자산을 횡령, 갈취, 배임 행위를 저지른 적이 있습니까?"

"없습니다."

강이찬은 내가 그런 걸 언급한 것 자체가 떨떠름한 듯 단호하게 부정했다.

나는 사무적인 물음을 재차 이어 갔다.

"그러면 회사의 재산을 사적 용도로 이용한 적이 있습니까?"

"……없습니다."

"좋습니다. 강이찬 씨는 저라는 개인에게 고용되었나요, 아니면 SJ컴퍼니에 고용되었나요?"

"서류상으로는 SJ컴퍼니입니다."

"그렇죠. 그러면 문제 될 것이 없잖아요?"

나는 어깨를 으쓱였다.

"게다가 방금 말씀하신 내용으로는 겸업을 하신 것도 아니잖습니까."

"……그건."

궤변입니다, 하고 말하고 싶은 걸 꾹 눌러 참은 모양이었다.

나는 강이찬에게 틈을 주지 않고 말을 이었다.

"아니면, 강이찬 씨는 그동안 제 곁에 있으면서 스스로 본래 임무에 소홀하였다고 주장하시는 겁니까? 배임을 한 적도 없고, 지각을 하기는커녕 때때로 휴일조차 반납해 가며 일을 하셨는데 말이죠. 어딜 봐도 문제 될 것이 없어 보입니다만."

"……."

"그럼에도 불구하고 굳이 사직서를 제출하셔야 한다면, 저는 고용주로서 노동자의 권익 처우 개선에 대해 논의를 나눌 용의도 있습니다. 혹시 복지가 부족했나요? 그렇다면……."

"사장님."

강이찬이 곤혹스러워하며 내 말을 끊었다.

"저는 사장님께서 저에게 해 주신 것 모두를 감사하게 생각하고 있습니다."

물론.

강이찬이 받아 가는 임금은 이 시기 다른 운전기사들에 비하면 평균 임금보다 조금 더 높다고 자부하고 있다.

'뭐, 그렇다고 강이찬이 돈에 흔들릴 인물은 아니지만.'

강이찬이 말을 이었다.

"하지만 이번 일은 그런 문제가 아니지 않습니까. 이는 회사 차원을 넘어서 저와 사장님 개인 간의 문제입니다."

그가 이렇게까지 강한 어조로 호소하는 걸 보는 건 이번이 처음이다.

'조금 흔들리고 있는 건가.'

나는 차분하게 강이찬의 말을 받았다.

"좋습니다. 정 그러면 저와 강이찬 사이에 놓인 법인을 제하고 이야기를 해 보죠."

"……예."

"강이찬 씨는 지금껏 제 동선을 제3자……여기선 알선인인 이진영과 곽철용 씨겠군요. 그들에게 제 동선을 알리는 것으로 이득을 취한 적이 있습니까?"

"……없습니다."

특별수당도 없고.

"그러면, 그것으로 인해 회사…… 아니, 회사는 배제하기로 했죠. 그로 인해 제가 해를 입은 사실을 증명할 수 있습니까?"

"그건 제가 판단할 문제가 아니라고 생각합니다."

똑똑하게 나오는군.

한 차례 흐름이 막혔지만 나는 아랑곳하지 않고 말을 이었다.

"그러면 제가 대답하죠. 아뇨, 제가 알기로는 없습니다. 오히려 그 덕분에 어려운 일을 피할 수 있었다고 말할 수 있을 정도로요."

이건 진심이다.

결과론이긴 하나, 최갑철의 호출을 받아 운락정에 갔을 때 이휘철이나 곽철용이 찾아와 중재를 해 주지 않았다면, 상황은 지금과 많이 달라졌으리라.

'아직은 내버려 두는 편이 내게 이득이었는지, 지금 현 상황이 더 나은지 알 수 없지만.'

이번엔 조심스럽게 물었다.

"저도 들은 바가 있어서 말씀드립니다만. 혹시 강이찬 씨는 주어진 다른 일보다 제 안전을 우선시하란 청탁을 받지 않았습니까?"

"……."

강이찬은 짧지 않은 침묵 끝에 고개를 끄덕였다.

"예."

이진영의 말을 떠올려 혹시나 해서 찔러봤지만, 정말로 그랬던 모양이다.

'하긴, 그 외에 다른 꿍꿍이가 있었다면 전예은이 내게 언질을 주었겠지.'

그녀는 내게 알고 있는 모든 것을 밝히지는 않지만, 그렇다고 내게 해가 되는 일을 방관하지도 않는다.

'그리고 그녀는 내게 강이찬을 일컬어 충직하고 강인한 인물이랬어.'

하지만 상황은 강이찬에게 이율배반적이었다. 그는 내 일거수일투족을 감시해 이를 보고한다는 복안을 전제로 내게 고용되었고, 그건 그의 자부심과 천성을 거스르는 일이다. 그러니 내가 강이찬에게 거리를 둔 것만큼이나 강이찬도 내게 거리를 두었으리라.

'그러니 이번 일을 정리하고 넘어가지 않으면 그가 내게 충성을 다할 날도 오지 않겠지. 하지만 감정에 호소하는 건 자신이 없고……. 일단은 내가 할 수 있는 선에서 처리해 둘까.'

나는 강이찬을 똑바로 쳐다보며 말을 이었다.

"아니면, 강이찬 씨는 스스로 제 안전을 우선시하라는 임무에 소홀했다고 생각하시는 건가요?"

"……."

"이번에도 제가 판단해서 대답하죠. 강이찬 씨는 맡은 바 임무에 충실했습니다."

굳이 그 앞에서 언급하지는 않겠지만 만약 강이찬이 내 곁에 없었다면, 나는 구봉팔과 외딴곳에서 만나려 하지도 않았을 것이고, 이진영도 조세광의 영역에서 그와 만나게 해 주지 않았으리라.

그 입장이야 어찌 되었건, 강이찬의 존재는 내게도 외적 위협에 대한 억지력 역할을 해냈다.

"어쩌면 제 안전보다 우선시한 임무가 있었을지도 모르죠. 하지만 제가 아는 한, 그런 일은 없어 보였습니다. 아니, 최소한 그런 일은 일어나지 않았죠."

"……."

강이찬은 여전히 침묵하고 있었다.

"그리고 또, 사전에 어떤 조건을 들어 제 운전기사직을 수

락하셨는지는 모르나 그건 제가 군이 알 필요가 없는 일이라고 생각합니다. 그건 사적 영역으로 두어야겠죠."

만약 그 조건이라는 것이 있다면 말이지만.

'모르지. 뭔가 협박이라도 당하고 있을지도.'

정 필요하다면 전예은을 닦달해서라도 알아내면 될 일이다.

"……사장님."

강이찬이 힘겹게 입을 뗐다.

"분명히 말씀드립니다만, 저는 사장님께서 제게 요구한 운전기사로서의 임무가 아닌…… 다른 의도를 갖고 사장님께 접근했습니다. 그마저도 덮고 넘어가실 생각이십니까?"

나는 강이찬을 보며 빙긋 웃었다.

"제 말을 이해하지 못하신 것 같은데, 저는 이 일을 없던 일로 덮고 넘어가자는 것이 아닙니다."

"……예?"

"오히려 그 일 덕분에 제 안에서 강이찬 씨에게 기대하는 바가 높아졌다, 그렇게 말씀드리고 싶군요."

"……."

나는 탁자 위의 사직서를 보며 말을 이었다.

"그러니 저는 이 자리에서 사직서를 수리하는 대신, 강이찬 씨의 능력 중 저평가된 요소에 관해 계약 갱신을 했으면 생각하고 있습니다. 그러기 위해서라면 '사적으로' 알선자들

에게 강이찬 씨와 계약을 무효로 돌렸으면 한다는 부탁을 할
수도 있고요."

"……."

"그게 아니라면, 제가 할 수 있는 선에서 강이찬 씨가 바
라는 다른 조건을 조율해 드릴 수도 있습니다. 어떻게 생각
하십니까?"

그는 여전히 훈련된 무표정함을 고수하고 있었지만, 눈동
자가 흔들리고 있었다.

그는 지금 낱낱이 드러난 자신의 배신을 역으로 변호하는
나에게 당황하고 있었다.

"……저는 사장님께서 저에게 왜 그렇게까지 말씀하시는
지, 잘 모르겠습니다."

갈등하고 있군.

나는 미소 띤 얼굴로 대답했다.

"사장이 사원을 챙기는 일에 잘못된 게 있습니까?"

"……."

"가족 같은 회사, 같은 추상적이고 허황된 이야기를 하려는
것이 아닙니다. 엄밀히 말해 사원과 사장이 가족은 아니죠."

이태석은 가족이지만 어쨌건.

"사장의 역할은 사원을 적재적소에 배치하고 업무와 성과
에 따른 급료를 지불하는 겁니다. 그리고 그 관계는 업무상
책임과 필요에 따른 위계는 있을 수 있겠지만 개인 대 개인

으로서 우열 없이 평등합니다."

까놓고 말해서, 회사를 관두면 피차 남인 것이다.

"부하는 상사의 부당한 업무 지시에 반대할 수 있고, 상사
는 부하의 능력을 판단할 수 있습니다. 또, 고용주로서는 아
무래도 인적 자원을 아껴 유능한 부하를 더 긴히 쓰고 싶은
게 솔직한 심정이죠."

나는 강이찬을 향해 미소를 지었다.

"그리고 강이찬 씨는 제가 강이찬 씨에게 기대하는 부분에
서만큼은 어긋남 없이 충실히 일을 해 주고 있지 않습니까?
저는 그거면 충분하다고 보는데, 강이찬 씨 생각은 저와 조
금 다른 것 같군요."

"……."

강이찬은 내가 말한 원론적인 입장에 대해 대답하지 않았
다.

'아니, 할 수 없겠지.'

내가 말한 걸 반박하려면 말 그대로 '가족 같은 회사'를 지
향해야 할 테지만 그건 내 경영 방침도 아니고, 그걸 강이찬
이, 아니 그 누구라도 요구할 자격은 없다.

'어쨌건 할 수 있는 건 다 했어.'

여기까지 설득하고도 그가 떠나기로 한다면, 인연이 아닌
것이다.

나는 탁자 위에 놓인 사직서를 강이찬 앞으로 슥 밀어 그

앞에 놓았다.

"오늘 있었던 일로 생각이 많으실 거란 건 알고 있으니, 일단 제게 제출한 사직서는 수리하지 않겠습니다. 회사를 관두는 건 오늘 하루, 생각해 보세요. 그럼에도 불구하고 마음이 변하지 않는다면 제가 할 수 있는 선에서 퇴사 후 하실 일을 알아보는 데 도움을 드리겠습니다. 아니면, 달리 생각하고 계신 일이 있나요?"

강이찬은 쓴웃음을 띤 채 고개를 저었다.

"……아뇨. 없습니다."

"알겠습니다. 그래도 아직 제가 고용주인 건 맞겠죠?"

"예, 사장님."

나는 자리에서 일어서며 일부러 사무적으로 말했다.

"제 용건은 여기까지입니다. 전예은 씨에게 맡긴 일이 있으니, 오늘 하루는 예은 씨의 지시를 따라 주세요."

"……예."

나는 책상으로 향하며 힐끗, 그가 사직서를 챙겨 도로 안주머니로 찔러 넣는 것을 확인했다.

"실례했습니다."

책상 앞에 앉은 나는 강이찬의 묵례를 고갯짓으로 받은 뒤, 그가 달각, 문을 닫고 나가자마자 책상 위로 몸을 엎드렸다.

"에휴. 내 팔자야."

'내 사람'을 만드는 일이 이렇게 험난하다.

'그렇다고 그가 내 사람이 되어 줄지도 확신할 수 없고…….'

전생의 경험을 토대로, 경호실장만큼은 돈이나 그 어떤 상위 이해관계를 벗어난 인물이 필요하다는 걸 그 누구보다 잘 아는 나이기에, 그를 내게 끌어당기는 수고로움은 감수해야 할 필요가 있었다.

'어렵긴 하군. 만약 필요하다면, 뭔가 은혜를 입힐 만한 일이 있으면 좋겠는데. 전예은이 뭔가 해 주진 않으려나.'

그녀가 내 가려운 부분을 잘 긁어 주면 좋으련만.

거기까지 생각한 나는 고개를 세차게 저었다.

아무리 전예은이 상식을 초월해 유능하다고는 하나, 마냥 그녀에게 기대선 안 된다.

그러고 잠시 책상 위에 턱을 괴고 있던 나는 몸을 일으켜 기지개를 켰다.

'어쨌든, 일이나 할까.'

아마, 오늘 하루는 오전과 정오에 걸친 일만으로도 대한민국이 시끌벅적할 것이다.

8장

사장실을 뒤로한 강이찬은 잠시 그 자리에 우두커니 서서
생각에 잠겼다.

'혹시 나는 이성진에 대해 오해하고 있었나?'

그간 강이찬은 이성진을 곁에서 지켜보며, 그가 (나이를 고려
치 않고)목적을 위해서라면 수단과 방법을 가리지 않는 부류라
고 생각했다.

'……지금도 그 생각 자체는 변함이 없지만.'

그러나 방금 이야기를 나눠 본 바 이성진의 그 뼛속 깊이
비즈니스적인 사고는 질척거리는 부분이 없어 차라리 깔끔
하기까지 하단 생각을 할 정도였다.

'타고난 성정일까, 아니면 그 집안 교육 덕분일까.'

또, 한편으로는 인재 욕심이 유별났다.

그는 한번 자신의 품에 들어온 사람은 내치는 일이 없었을 뿐만 아니라, 능력이 담보하는 한 그 사람이 하는 일에 대해선 전적으로 신뢰하며 뒤에선 그 업무를 전폭적으로 지원해 주는 리더였다.

'최소한 지금 이성진 곁에 모여 그가 하는 일을 돕는 사람들은 그랬지.'

그러면서도 이성진은 정에 호소하지 않았으며, 서로가 타산적인 이해관계 속에 사람을 묶어 두었다.

'……사람을 신뢰하는 것이 아닌, 상황을 신뢰하는 건가.'

또, 이성진이 부하를 대우하고, 그 부하들이 이성진을 신뢰하며 따르는 것엔 단순히 회사 차원의 대우가 좋다는 것에만 기인하지 않았다.

그것이 의도한 바인지 아닌지 간에 이성진은 그 사람의 꿈을 가져오는 방법을 잘 알고 있었다.

바른손레코드의 백하윤이나 통통 프로덕션의 박일춘에게 했듯 사그라진 옛 열정에 다시 불을 지피거나.

시저스 대표이자 해림식품의 주요 이사로 거듭난 제니퍼에게 했듯 잘못된 선택으로 방황하려는 이에게 재도전의 기회를 주었고.

무명은커녕 시장에 발을 들이지도 않은 작곡가인 공가희를 발굴하는가 하면.

도깨비 신문의 대표로 승승장구 중인 김기환에게 했듯 업계에 환멸을 느끼고 폐인처럼 지내던 사람에게 그 누구도 가지 않은 길을 제시하기도 하며.

조인영이나 전예은처럼 재능은 있으나 나이며 학력이 부족해 오갈 곳 없는 이들로 하여금 능력을 펼칠 수 있게끔 자리를 마련해 주기도 했다.

당장 생각나는 것만 그 정도였고, 아마 강이찬이 미처 파악하지 못한 더 많은 분야에 그런 식으로 발을 뻗어 놓고 있으리라.

'능력은 있되 기회가 없던 사람들에게 투자하고 그들을 양지로 끌어올려 재능을 발휘하게끔 도와준다……'

그야말로 그림으로 그린 듯 이상적인 상사이자 협력자였다.

'그의 사람 보는 눈은 타고난 것이라고밖에는 할 수 없겠지.'

그러면서 한편으론, 강이찬은 이성진이 사직서를 제출하고자 하는 자신에게 그 귀중한 시간까지 할애해 가며 한사코 붙들고 있다는 것이 이해가 되지 않을 지경이었다.

대기시간이 긴 업의 특성상 강이찬도 이런저런 원론서를 겉핥기로 읽어 보았으나, 오늘 자신에게 보여 준 이성진의 행동은 '기회비용'의 측면에서 해석되지 않는 요소였다.

그건 강이찬이 스스로를 평가하는 기준과 잣대가 엄격한

탓에 이성진이 자신에게 필요로 하는 요소를 좀처럼 떠올리지 못한 탓도 있었다.

그래서 강이찬의 생각은 이성진의 의도와는 조금 다른 방향으로 흘러갔다.

'어쩌면, 그의 배려와 친절은 대상의 능력 여하를 판단하지 않는 것이었나?'

생각에 잠긴 강이찬이 복도를 걸어 나오자, 데스크에 있던 전예은이 자리에서 벌떡 일어섰다.

"끄, 끝나셨어요?"

전예은은 쭈뼛거리며 강이찬을 살폈다.

분명 이성진의 전폭적인 신뢰를 받고 있으리라 생각되는 그녀는 묘한 부분에서 감이 좋은 편이었다.

이번에 범인을 알아보고 일이 더 커지기 전에 사태를 방지할 수 있었던 것도 간혹 보이는 전예은의 관찰안 덕분이었으리라.

'그러니 이성진도 전예은을 비서로 신용하고 있는 것이겠지.'

하지만 오늘 있었던 일은 강이찬으로 하여금 어쩔 수 없다고 느끼면서도 그녀에게 서운함을 느끼게 하는 일이었다.

'……내 입장을 생각해 보면 어쩔 수 없는 일이긴 했겠지. 그 또한 이성진의 예방책에 불과했고.'

강이찬은 둘 사이에 흐르는 어색한 기류를 느끼며 사무적으로 대답했다.

"사장님께서 무언가 맡긴 일이 있다던데."

"아, 네. 지금 곧 마포 쪽으로 갈 일이 생겨서요. 괜찮으시다면 태워다 주시겠어요?"

굳이 그녀가 부탁을 하지 않아도, 어차피 업무명령이 우선권을 가지고 있기에 따를 생각이었다.

'말마따나 아직은 이 회사 사원이니까.'

강이찬의 끄덕임에 전예은은 미리 챙겨 둔 짐을 챙겨 데스크 앞으로 돌아 나왔다.

단둘이 엘리베이터를 타고 지하 주차장으로 내려가는 사이에도 둘 사이엔 아무런 대화도 오가지 않았다.

강이찬은 그걸 두고 아직도 어색함이 남아서라고 생각했지만, 이유는 그것뿐만은 아니었다.

전예은은 전예은대로 강이찬을 힐끔거리며 그가 사장실에서 이성진과 나눈 대화를 복기하는 중이었다.

'내가 말할 필요도 없이 사장님께서는 결국, 다 알고 계셨구나.'

비록 곽철용까지는 만나 보지 못해 알지 못했지만, 이미 전예은은 이진영과 강이찬이 모종의 계약을 맺고 있었다는 걸 알고 있었다.

그녀로서는 그것을 이성진에게 보고하는 것이 옳은지 아닌지 판단할 수 없었다.

그녀가 보기에 강이찬의 행동은 이성진에게 위해를 가하는 것도 아니었고, 이진영 또한 (개인적으로는 어려운 사람이라고 생각하고 있었지만)이성진의 안위를 우선시해서 움직이고 있었으니까.

거기엔 그녀가 강이찬을 좋은 사람으로 보고 있다는 것도 한몫했다.

아무리 이성진이 오갈 곳 없던 자신을 거둬 주었다고는 하나, 그 감사함과는 별개로 그녀는 자신의 삶 전부를 이성진에게 의탁할 생각은 없었고, 그래서 '해가 되지 않는다면' 이성진에게 모든 것을 보고할 의무는 없다고 스스로 행동 방침을 정해 두었던 것이다.

이성진 역시도 그런 그녀의 관점을 모르는 바가 아닐 터이나, 알면서도 모르는 척 존중해 주는 눈치였다.

한편으로, 이성진이 그 일로 인해 자신을 좋지 않게 생각하진 않을까 염려하고 있었는데, 그녀로서는 이성진이 강이찬을 품으며 그녀 자신을 변호해 준 것이 고맙고 미안했다.

오히려 이 모든 일을 전예은의 독단으로 처리하며 꼬리 자르기로 자신을 몰아내도 할 말이 없는 입장이었음에도 불구하고, 이성진은 일부러 거짓말까지 해 가면서 강이찬과 쌓아 올린 신뢰관계가 무너지지 않게끔 비호해 준 것이다.

'……아직도 사장님이 무슨 생각을 하는지는 잘 모르겠어.'

그녀에게 이성진은 소피아 원장 수녀와 더불어 이해 불가능한 존재였다.

하지만 그 '이해 불가능함'은 역설적이게도 그녀에게 모종의 안위와 편안함을 가져다주었다.

저주라고 불러도 될 타고난 능력 때문에 그녀는 사람이 가진, 입에 담기조차 곤란한 온갖 지저분한 면모를 보아야만 했다.

하지만 이성진은 그럴 필요가 없는 존재였다.

'강이찬 씨가 생각하는 것처럼, 사장님은 다른 사람을 믿지 않는 분일 거야. 그래도…….'

그러면서 전예은은 언젠가 회사에 방문했던 한성진을 통해 엿본 이성진의 사생활을 떠올리지 않기 힘들었다.

이성진이 한성진 남매에게 하는 행동은 남들에겐 좀처럼 보이지 않던 친절함과 자상함으로 가득했고, 거기에는 그 어떤 이해타산도 없어 보였다.

'그러니 사장님도 본질적으로는 선량한 분이신 거겠지.'

안심한 전예은은 왠지 모르게 웃음이 새어 나오려는 걸 참으며 힐끗, 강이찬을 살폈다.

'지금은…… 이찬 오빠도 사장님에 대한 판단을 재고하고 있어. 나에 대한 신뢰도 예전만큼은 아니지만, 충분히 회복 가능한 수준이고.'

'일단 사장님이 나랑 이찬 오빠에게 한 말씀을 토대로 상

황을 정리해 봐야겠어.'

이성진이 자신에게 기대하는 바도 그럴 것이라고, 전예은
은 생각했다.

한편, 이성진이 한창 강이찬과 면담 중일 때 천희수는 전
예은으로부터 전화를 받았다.

「실장님. 이번 일은 제가 도착할 때까지 다른 말씀은 않는
것으로 하셨으면 좋겠어요.」

그 말에 천희수는 떨떠름해하며 전예은의 전화를 끊었던
것인데.

'역시 몰래카메라가 아니었던 거 같군.'

천희수는 광수대를 둘러보며 고개를 주억거렸다.

'그야, 나도 중간부터 일이 잘못됐다는 건 알았지만.'

그도 그럴 것이, 아무리 몰래카메라라고 할지라도 이렇게
공권력을 동원한다는 건 지금껏 듣도 보도 못했다.

'물론 주변에 카메라도 안 보이고.'

그런 상황이니, 지금 이들이 앉아 있는 곳은 경찰서가 분
명하리라.

'나 참, 그나저나 살다 보니 경찰서를 다 와 보네.'

현장에서 심영한 일당을 체포한 광수대는 몹시 분주했다.

그러잖아도 오늘 아침 있었던 기자 회견으로 바쁜 하루가될 것임이 예정되어 있었는데, '정황상' 그들이 주요 참고인인 지동훈의 동생을—심지어 환한 대낮에—납치하려고 했으며, 그 시도가 불발하여 검거까지 했다는 건 불난 집에 부채질을 하는 꼴이 되었다.

그래서 임의동행을 하게 된 천희수와 SBY 맴버들은 사무실에 방치된 채, 우두커니 앉아 바쁘게 오가는 경찰들을 멍하니 쳐다보고 있을 뿐이었다.

"형."

곁에 앉은 찬성이 그에게 슬쩍 말을 붙였다.

"그거, 몰래카메라 아니었어요?"

천희수가 어깨를 으쓱였다.

"……글쎄다."

천희수는 전예은이 전한 말을 듣고 상황이 심상치 않게 돌아가고 있다는 걸 짐작하고 있으면서도 지금은 그렇게 둘러댈 수밖에 없었다.

SBY 맴버들 역시 상황이 이쯤 되니 그들이 해 온 게 게릴라 이벤트의 일환이 아니었던 것 같단 눈치를 챈 모양이었지만, 분위기에 압도되어 아무런 말도 하지 않았다.

'어쨌거나 결국 오늘 하루 예정된 일정은 전부 취소로군.'

하지만 지금은 방송사를 찾아가 굽신거릴 것보다 이 상황이 어떻게 작용할지에 더 신경이 쓰였다.

'이게 우리 애들한테 호재로 작용할 수 있으려나.'

그렇잖아도 어째, 번번이 아쉽게 가요무대 1등을 노리지 못한 것에 입안이 쓰던 차였다.

이건 멤버들의 실력이 부족한 것도, 마케팅이 허술해서도 아니었다.

오히려 천희수는 이번 SBY 2집 앨범 활동 자체가 가요계에 한 획을 그을 만큼 전에 없던 참신함으로 가득하다고 여길 정도였다.

그럼에도 불구하고 눈앞에서 1등을 놓치고 있었던 건, 이 바닥에 도는 '1등 자리는 하늘이 내리는 법'이란 격언을 되새기게 하는 것이었다.

'한편으론, 만약 우리가 정말로 경찰이 범인을 검거하는 일에 도움을 준 거라면, 이것도 하늘이 내린 기회란 거지.'

믹스커피 자욱이 남은 종이컵을 잘근잘근 씹고 있으려니, 그들에게 임의동행을 요청한 강하윤 형사란 사람이 성큼걸음으로 천희수에게 다가왔다.

"죄송합니다. 기다리셨죠?"

"아뇨, 아닙니다."

천희수는 공권력을 앞에 두고 벌떡 일어섰다.

"업무는 마치셨습니까?"

"아, 아뇨. 아직……. 이런 자리에 모셔 두고 죄송합니다."

면목이 없다는 강하윤의 말을 천희수는 쿨하게 받았다.

"괜찮습니다."

어차피 오늘 일정은 죄다 캔슬인 것이 분명하니까.

그보단, 괜히 밉보여 지금 이 기회를 놓쳐선 안 될 거 같단 프로듀서로서의 촉이 발동하는 중이었다.

"바쁘신 중에 저희가 폐가 되지는 않는지, 그게 걱정입니다."

천희수의 능청스러운 겸손의 말에 강하윤은 황급히 손사래를 쳤다.

"아뇨, 아뇨. 아닙니다. 오히려 저희에겐 무척이나 큰 도움이 되었습니다. 바쁘시지만 않다면 저희 검사님도 여러분을 뵙고 이야기를 나눴으면 하셔서요."

경찰에 이어, 이젠 검사까지?

살면서 마주치면 좋을 일 없는 부류를 연거푸 만나게 생겼다.

"바쁜 건 아닙니다만."

천희수는 슬쩍 눈치를 살피며 조금 자리를 옮겼다.

"공식적인 입장은 담당자가 올 때까지 자제했으면 해서요."

암만 그래도 검사 측과 대면하는 건 껄끄럽기도 했고, 마침 전예은이 통화 때 했던 말도 있어서 공권력의 상징이자 높으신 분과 직접 마주치는 걸 피하는 데엔 좋은 구실이 될 것 같았다.

어차피 공식 입장은 전예은의 분부대로 '다친 사람은 없다'는 선에서 노코멘트하는 입장 외엔 달리 할 말이 없기도 하고.

천희수가 덧붙였다.

"아무래도 이번 일은 저 같은 실무자보단 좀 더 책임 권한이 높은 대변인의 입장을 고려해야 하지 않겠습니까."

"아."

강하윤이 고개를 끄덕였다.

"그러면 혹시 이성진 사장님께서 직접⋯⋯."

강하윤의 말에 천희수는 화들짝 놀라며 저도 모르게 SBY 멤버들을 살폈다.

'이제 와서 새삼스러운 일이긴 하지만, 쟤들은 아직 이성진이 그 악덕 사장이란 걸 모르고 있으니.'

이성진도 되도록 '모르는 쪽으로' 생각해 주길 바란단 입장이었다.

뭐라더라, 결집을 위해선 누구 한 명쯤 악역이 필요하고 그 악역은 드러나지 않을수록 좋단 입장이었다.

다행히 그들은 방금 전 자연스럽게 거리를 둔 것에 더해, 저들끼리 무슨 작당 모의를 하는지 두런두런 이야기를 나누는 통에 강하윤의 말을 듣지 못한 모양이었다.

"저, 잠시만."

"네? 아, 네."

강하윤은 어리둥절해하는 얼굴로 천희수를 따라 SBY의 귀가 닿지 않는 좀 더 외딴 곳으로 향했다.

"혹시 저희 사장님과 아는 사이십니까?"

"네? 아, 네. SJ컴퍼니의 이성진 사장님께는 개인적으로도 신세를 지고 있습니다."

"……."

이건 경찰과 알고 지내는 이성진을 대단하다고 해야 할지, 이성진과 알고 지내는 눈앞의 형사님을 대단하다고 해야 할지 감이 오질 않는 이야기였다.

'지금은 왠지 우리 사장님이 이곳 검사와 알고 지내는 사이였다고 해도 놀라지 않을 것 같군.'

천희수가 헛기침을 했다.

"흠, 흠. 그러셨군요. 하지만 이번 일로 사장님께서 직접 오시진 않을 것 같고, 비서를 통해 입장을 전달하실 것 같습니다."

"아, 비서라면 예은 씨 말씀인가요?"

"……."

전예은도 알고 지내는 사이였다니.

'다들 나 모르게 뭘 하고 다니는 거야? 아니, 내가 상관할 바가 아니긴 한데.'

천희수의 표정이 어땠는지, 강하윤이 멋쩍은 미소를 지었다.

"예은 씨에게는 저도 따로 몇 가지 당부를 전해 들었거든요. 그래서 예은 씨가 올 때까지만이라도 비공식적으로 몇 가지 사정 청취를 했으면 하는데, 그 정도는 가능할까요?"

오히려 전예은은 (함께 박상대를 케어하며)친분이 있던 강하윤을 통해 이번 일이 섣불리 '공론화'되지 않게끔 시간을 벌어 두려는 전략이었다.

"아, 예……. 서로 말씀이 끝났다면 그 정도는 제가 참관하는 방향에서."

천희수가 얼른 덧붙였다.

"그리고 가능하면 애들 앞에서 사장님 이야기는 안 하시는 걸로 해 주셨으면 합니다."

"예?"

"……그 부분은 경영 방침인 걸로 해 두죠."

강하윤은 천희수의 아리송한 요청에 이번에도 어리둥절해하며 고개를 끄덕였다.

"알겠습니다. 그러면 잠시 자리를 옮기겠습니다."

하긴, 지금처럼 사무실을 차지하고 있으면 업무에도 방해가 될 터.

그러잖아도 젊은 경찰 몇몇은 SBY 멤버들을 힐끔힐끔 쳐다보며 저들끼리 수군거리고 있었다.

딱히 나쁜 일을 한 건 아니라고 하지만 아이돌이 경찰서에 죄인마냥 앉아 있는 건 남들 보기에 좋지 않은 법이니.

"예, 그러죠. 얘들아!"

천희수의 말에 SBY 멤버들은 일제히 하던 잡담을 멈추고 미어캣마냥 그를 보았다.

"자리 옮기자."

"네, 형!"

일행은 강하윤을 따라 우르르 빈방으로 향했다.

강하윤은 그들을 빈방에 밀어 넣곤 달각 문을 닫았다.

"번거롭게 해 드려 죄송합니다."

혹시 몰래카메라가 여기 설치되어 있는 건 아닐까, 주위를 두리번거리던 찬성이 대표로 강하윤의 말을 받았다.

"아뇨. 괜찮습니다. 그런데, 유진이는 괜찮은가요?"

그래도 혹시 모르니 이미지를 생각해 뱉은 말에 강하윤이 미소를 지었다.

"아, 유진 양은 지금 안정을 취하고 있습니다. 덕분에 다친 곳도 없고요."

"그렇다고 하니 다행입니다."

찬성의 말을 강혁이 이어받았다.

"하지만 대낮에, 그것도 시내 한가운데서 아리따운 소녀를 납치하려고 하다니, 무모하기 짝이 없군요."

강혁이 고개를 주억거렸다.

"물.론 그런.건. 우리가. 용.납 못 하지."

"맞아요, 형. 저희는 팬들을 위해서라면 불구덩이에도 뛰어들 수 있는…….”

지수가 받은 말에 이어, 미키가 다른 사람들의 면면을 살피곤.

"Yes. Of course, We are……."

둘, 셋.

모두가 입을 맞췄다.

"SBY니까!"

부끄러운 건 내 몫이지.

천희수는 남몰래 손바닥으로 얼굴을 덮어 가렸다.

'저 녀석들, 아직도 이걸 몰래카메라로 생각하고 있는 게 틀림없어.'

천희수는 언젠가 정말로 몰래카메라 섭외가 들어오게 되거든, 저놈들을 따로 떼 놓든가 해야겠다고 다짐했다.

강하윤이 어색한 미소로 고개를 끄덕이며 자리에 앉았다.

"아…… 네. 그러면 시작해도 될까요?"

강이찬이 모는 차 뒷좌석에서 전예은은 통화를 이어 가고 있었다.

"……예. 오늘 일정은 캔슬하는 방향으로. 예, 죄송합니다. 아뇨, 다행히 다친 분은 없는 것으로 압니다. 예. 그러면 다음에는 물론 귀사를 우선해서. 감사합니다. 예."

후우.

한차례 통화를 마친 뒤, 전예은은 숨을 고를 새도 없이 재차 핸드폰을 꾹꾹 눌러 가며 번호를 입력했다.

"……여보세요? 네, 안녕하세요. 도깨비 신문 김기환 대표님이신가요? 저는 SJ컴퍼니의 사장 비서인 전예은이라고 합니다. 아뇨, 저야말로 이렇게 인사를 드려 죄송합니다. 다름이 아니라……."

전예은은 그렇게 자신이 저지른 일을 수습하느라 여념이 없었다.

운전석의 강이찬은 그런 전예은을 힐끗 쳐다보았다가 통화가 끝나길 기다려 툭, 한마디 뱉었다.

"혼자서만 무리하는 거 아니냐?"

"……네?"

"천 실장님은 그렇다 치고, 마동철 전무님께도 도움을 청할 수 있잖아."

"아, 그게."

전예은은 강이찬이 무슨 말을 하려는지 알면서도 일부러 멋쩍은 미소로 그 말을 받았다.

"이번 일은 제 선에서 수습하는 게 옳다고 생각해서요."

"……흠."

강이찬이 한숨 섞인 쓴웃음을 지었다.

"너무 무리하진 마. 내가 보기에는 오히려 이번 일은 사장님 선에서 처리해야 하는 일 같은데."

전예은은 강이찬이 생각을 정리하고 자신과 대화를 나누고 싶어 한단 걸 알곤 무릎 위에 핸드폰을 내려놓았다.

"아니에요, 오빠. 이번 일은 순전히 제 독단이었고…… 그래서 사장님께도 혼이 났거든요."

"……혼을 냈다고?"

전예은은 강이찬의 불쾌감마저 묻어나는 어처구니없어하는 반응을 읽어 내곤 얼른 말을 이었다.

"좀 더 정확히 말씀드리자면, 이번 일로 자칫하면 우리가 위험에 처할 뻔했다는 일로 화를 내셨어요."

"……"

전예은의 변호에 강이찬의 태도도 조금 누그러뜨려졌다.

'여전히 나를 동생에 투영하고 있구나.'

전예은은 강이찬의 속내를 살피며 말을 이었다.

"사실, 혼쭐은 거기서 끝내셨고, 그 뒤로는 이번 일을 어떻게 수습하면 좋을지 의견을 개진해 주셨어요. 그래서 저도 지금은 사장님의 업무명령을 우선시하고 있을 뿐입니다."

"……네가 그렇다면야. 다만."

강이찬은 잠시 뜸을 들였다가 다시 입을 뗐다.

"가끔씩 보면, 너도 누구 못지않게 무리하고 있다는 느낌이 들거든."

"……."

그가 무슨 말을 할지는 알았지만, 전예은은 거기서 느껴지는 강이찬의 동정심이 조금 불쾌했다.

'어차피 이찬 오빠도 나를 이해하진 못해.'

그 감각에 강이찬의 말이 섞여들었다.

"원래라면 너도 고작해야 고등학생에 불과하잖아. 보통은 또래 애들이랑 학교도 다니고 공부에 힘쓰고, 이따금 오는 길에 군것질거리도 사 먹을 나이야. 그런데도……."

"그런 말씀은 하지 마세요."

전예은은 차분하게 강이찬의 말을 끊어 냈다.

"어차피 저는."

강이찬의 생각과 느끼는 감정이 어떤지 모두 꿰고 있던 전예은은 거기서 아무렇지도 않게 이성진의 입장을 변호할 수 있었겠지만, 이번엔 그러지 못했고.

"평범하지 않은걸요."

말하는 도중 그녀도 모르게 본심이 묻어 나왔다.

그렇게 뱉고 난 뒤 전예은은 스스로 통제되지 않은 감정의 분출에 당황했다.

'어라?'

이랬던 적은 예전, 이성진 앞에서 왈칵 눈물을 쏟았을 때를 제외하면 좀처럼 없던 일인데.

실은 자신의 입장이 아닌, 이성진이 고등학교 진학을 권했다는 것부터 거처를 마련해 준 것까지, 사실에 기반을 둔 내용으로 그를 비호할 좀 더 그럴듯한 대답을 준비해 두고 있었다.

전예은의 대답에 강이찬은 예상대로 언짢은 기색을 숨기지 않으며 조심스레 말을 받았다.

"……왜, 네가 보육원 출신이어서?"

강이찬은 근본적으로 선량하고 강직한 인물이다. 그가 언짢아하는 건, 그녀 자신의 출신으로 인한 피해 의식이 있다는 것을 염려하는 것이었다.

하지만 전예은은 그런 것을 고려하기도 전 스스로의 불찰에 혼란스러워하면서 떠듬떠듬 강이찬의 말을 받았다.

"그런…… 건 아니에요. 그렇게 따지면 이미 본사에 인영 오빠도 있는걸요."

"그랬지."

"또, 사장님께서는 제게 고등학교 진학을 권하셨고요. 하지만 진학을 포기하고 사장님 곁에서 일을 하겠다고 마음먹은 건 오롯이 제 선택이에요."

뒤늦게 수습에 들어갔지만 강이찬으로부터 새어 나오는 감정의 기류는 이미 전예은을 향한 동정심으로 가득했다.

'동정은…… 싫은데.'

강이찬의 말이 이어졌다.

"혹시 사장님께 폐가 될까 봐 그런 건 아니고?"

"……아니에요. 사장님이 무슨 생각을 하시는지는 알 수 없지만 사장님께서는 분명, 제가 무슨 선택을 하든 지지해 주셨을 거예요."

상대가 이성진이니 다른 사람의 반응처럼 확신할 수는 없지만, 이성진이라면 분명 그럴 것이다.

그는, 남들처럼 자신을 섣불리 동정하거나 두려워하거나 혐오하지 않는다.

아니, 그럴 것이라고 믿었다.

"……하긴, 우리 사장님이 무슨 생각을 하는지는 모르지만…… 왠지 그럴 거 같긴 해."

강이찬이 얕은 한숨을 내쉬었다.

"혹시 방금 이야기가 불쾌했니?"

"……."

아니라고 말하자니, 그는 그 대답에서 이미 자신의 반응이 거짓임을 꿰뚫어 볼 것이다.

방금 전엔 감정을 숨기는 데 미숙했다.

그래서 전예은은 솔직하게 대답했다.

"솔직히, 그래요."

내친김에 전예은은 대답을 이어 갔다.

"저는 다른 사람들도 사장님처럼 저를 평범하게 대해 주었으면 좋겠거든요."

"……미안."

"사과하실 필요는 없어요. 보통은 이찬 오빠처럼 생각하고……."

속이 조금 따끔거렸다.

"……사장님이 특별한 거니까요."

"……."

강이찬은 그렇다고도, 아니라고도 섣불리 대답하지 못했다.

그렇다고 방금 전처럼 사과를 하는 것도 곤궁하다는 것이 전예은에게는 왠지 미안하게 느껴졌다.

"죄송해요. 말이 심했어요."

"아니야."

강이찬이 쓴웃음을 지었다.

"하지만 그렇다고 내가…… 모종의 선입견이 있는 게 아니라는 건 알아주었으면 좋겠어."

"……알고 있어요. 이찬 오빠가 좋은 사람이라는 것도요."

오히려 그렇기에 전예은은 강이찬의 이런 반응이 더더욱 불편했다.

'그래도 그는 사장님이 필요로 하는 사람이야.'

자신과의 관계가 불편해졌단 이유로 퇴사를 결심할 사람은 아니지만, 그와는 무난한 사이를 유지할 필요가 있었다.

전예은이 보란 듯 미소를 지었다.

"대신 앞으론 가능하면 이쪽 이야기는 화제에 올리지 않으셨으면 해요."

"그럴게."

"고마워요. 또…… 이찬 오빠도 이제는 좀 더 사장님을 좋아해 주세요."

전예은의 말에 강이찬이 당황했다.

"응? 무슨 소리야?"

"솔직히, 이찬 오빠는 사장님을 어려워하잖아요."

"……."

강이찬은 감이 좋군, 하고 생각했다.

'그가 사장님을 멀리하는 건 다른 이유가 있어서지만.'

전예은은 (일부러)싱글벙글 웃으며 말을 이었다.

"게다가 말이 나와서 하는 말이지만, 뭐, 싫어할 이유가 있나요? 성격은 조금 꼬였지만 그렇다고 나쁜 사람인 것도 아니고요."

강이찬이 '성격이 꼬였다'는 대목에서 심정적인 동의를 표하는 걸 지켜본 전예은은 속으로 웃으며 재차 말을 이었다.

"또, 그 나이에 어울리지 않게 능력도 있고, 귀엽게 생겼고……."

"……."

전예은의 이야기를 듣는 강이찬은 떨떠름해했다.

'거, 아주 연애를 하지 그러냐.'

하긴, 이성진 주변엔 그를 좋다고 따라다니는 또래 여자애들이 제법 있긴 했다.

'오히려 가진 바 능력에 비하면 생각보단 적다는 느낌이지. 역시 성격이 문제인가.'

강이찬은 쓴웃음을 지었다.

'어쩌면 예은이도 그런 거겠고.'

애들 풋사랑이야 귀엽게 지켜봐 주면 될 일이라지만, 왠지 이성진은 내키지 않았다.

'한편으로는 주변에 그보다 나은 녀석도 잘 없긴 하다는 게 왠지 좀 그렇군.'

풋사랑은 거기서 끝내고, 장래엔 좀 번듯한 사람을 만나 주면 좋으련만.

"⋯⋯."

침묵?

강이찬이 힐끗 뒷좌석으로 고개를 돌렸다.

전예은은 말을 하다 말고 그녀 스스로 무슨 생각에 도달한 건지, 멍한 얼굴로 입을 헤벌리고 있었다.

"⋯⋯왜? 무슨 일 있어?"

"⋯⋯아니에요. 그런 거."

"뭐가?"

"그런 거 아니니까, 잊어 주세요! 이 이야기는 여기서 끝!"

"……아, 그래."

전예은은 평소 알던 그녀답지 않게 단호하게 선을 긋곤 허둥지둥 서류를 살피기 시작했다.

하지만 서류가 눈에 들어오지 않았을 뿐만 아니라.

'설마, 설마…….'

와르르.

바닥에 서류를 떨어트리기까지 했다.

"……으아."

지금껏 그런 가능성조차 염두에 두지 않은 일이었지만.

'……나, 사장님 좋아하나?'

강이찬의 생각에서 멈칫하고 만 것도 사실이다.

'아니, 그럴 리 없잖아!'

전예은은 얼른 발치로 떨어진 서류를 주워 차곡차곡 정리했다.

'……내가 한참 연상인데? 아니, 한참까진 아니지만, 그래도!'

전예은은 양 볼에 손등을 댔다. 볼에 닿은 손등이 조금 따뜻했다.

'어떡해, 얼굴 빨개졌을 거야…….'

9장

"……즉, 여러분께서는 사전에 미리 위협을 감지하고 현장에서 즉시 대응을 했단 말씀입니까?"

강하윤의 말에 찬성이 고개를 끄덕였다.

"예. 상황이 긴박했으니까요. 그땐 머리보다 몸이 더 먼저 움직였다고 할까요? 하하하."

찬성이 멤버들의 면면을 득의양양하게 살피며 말을 이었다.

"미키와 환희가 퇴로를 차단하고, 지수가 먼저 범인 중 한 사람을 제압했죠."

찬성의 시선을 받은 지수가 머쓱한 듯 수줍게 말을 받았다.

"별거 아니에요. 어쩌다 보니."

"에이, 어쩌다 보니라니. 엄청 멋졌어."

"그래요?"

"응, 그러니까 자부심을 가져도 돼. 아, 그리고 그다음 은……."

강하윤은 찬성의 이야기를 들으며 힐끗 기세등등하게 앉아 있는 SBY 멤버들의 면면을 살폈다.

'그런 일이 있었는데도 전혀 당황하거나 놀라지도 않네.'

그래서 강하윤은 그들을 보며 '연예인이라서 담이 큰 건가' 하며, 생각할 정도였다.

게다가 좀 이상한걸.

강하윤은 SBY의 증언을 들으며 머릿속으로 현장을 복기했다.

'어디 보자. 분명, 찬성 씨의 말과는 달리 현장에서 관찰한 바로는 SBY가 탑승한 밴이 먼저 범인의 승합차를 들이받았고, 그다음 SBY가 움직인 거 같았는데.'

다만 강하윤도 자신이 아는 바가 옳다고 확신할 수는 없다.

그녀는 일이 모두 마무리된 후에야 현장에 도착한 데다가, 당시 현장은 도떼기시장만큼 혼잡스러웠다.

'구경꾼들이 몰린 탓에 현장 수사를 제대로 하지 못한 것도 있고…….'

현장은 마침 유동 인구가 많은 시내 한복판이었던 데다가 인기 아이돌인 SBY의 얼굴을 보려고 몰려든 인파와 지나가던 길에 호기심으로 기웃거리던 인파까지 얽히며 한때 교통 정체마저 빚었다. 경찰 입장에선 그 도떼기시장 같던 상황을 바로잡는 일만으로도 골치가 아플 지경이었다.

그나마 뒤늦게 정진건과 박순길이 지구대 경찰차와 함께 와 주어서 범인을 체포, 압송하며 수습에 도움을 주기는 했으나, 강하윤과 SBY 일동은 몰려든 인파에 도망치듯 재빨리 현장을 정리하고 철수할 수밖에 없었던 것이다.

'끄응, 시간을 들여서라도 목격자를 확보했어야 했나.'

하지만 정진건과 함께 온 현장 지구대 담당자가 일대의 교통 혼잡을 가리키며 눈을 부라리는 통에 그녀는 얼른 현장을 정리할 수밖에 없었다.

'게다가 듣기로는 흉기를 꺼내 든 심영한을 제압한 게 제3자였다고도 했지.'

뿐만 아니라 그들이 납치 및 도주용으로 끌고 온 승합차의 운전기사도 이미 제압을 마친 상태였다.

'그러면 혹시, 정말로 우연?'

강하윤은 그럴 리 없다고 생각하면서 입을 뗐다.

"그러면 심영한을 제압한 건 누구였나요?"

찬성이 고개를 갸웃했다.

"심영한 씨가 누구입니까?"

"그, 현장에서 기절해 있었던……. 흉기를 소지했던 인물입니다."

"아."

찬성이 고개를 끄덕이곤 턱을 긁적이더니 혼잣말을 중얼거렸다.

"……일반인인데 말해도 되나."

"예?"

"아, 아뇨."

어흠, 찬성은 헛기침을 했고, 가만히 있던 천희수가 끼어들었다.

"그건 추후 자리를 마련해 차차 말씀드리겠습니다."

"음……. 아, 예. 알겠습니다."

저들은 이번 일에 도움을 주었으면 주었지, 범인은커녕 주요 협력자였기에 강하윤도 강하게 캐묻기가 힘들었다.

'또, 자칫 강압 수사 논란이라도 나면…… 더군다나 상대는 팬덤 층이 탄탄하기로 유명한 SBY고. 으, 생각만 해도 끔찍해.'

그래도 전예은이 와서 해명해 주기로 약조했으니, 강하윤은 그 부분은 이 자리에서 더 이상 파고들지 말자고 생각했다.

그렇게 SBY와 형식적인 취조를 이어 가던 강하윤은 문득 품에서 울리는 핸드폰 진동에 몸을 움찔했다.

"저, 잠시 통화 좀 하고 와도 될까요?"

"아, 물론이죠."

"감사합니다."

강하윤은 양해를 구한 뒤 방을 나서며 곧장 전화를 받았다.

"예, 강하윤 형사입니다."

―하윤 언니? 저예요.

수화기 너머의 차분하고 앳된 목소리에 강하윤은 슬며시 미소를 지었다.

"아, 예은이구나."

박강선을 케어하느라 요한의 집을 들락거리던 사이 부쩍 친해진 둘은 이제 언니 동생 하는 사이로 발전해 있었다.

―네, 이제 막 광역수사대 본부 근처에 도착해서요. 어디로 가면 될까요?

"아니야. 내가 마중 나갈게. 기다리고 있어."

―네, 언니. 아, 그리고 저희 SBY 오빠들은 아직 거기 계신가요?

강하윤은 닫힌 문을 힐끗 쳐다보았다.

"응."

―지금 스케줄이 밀려 있는데…… 혹시 괜찮다면 이대로 복귀할 수 있도록 조치를 취해 주실 수는 없을까요? 만약 필요하다면 추후 사정 청취를 받을 수 있도록 자리를 마련할게요.

"……상부에 문의해 볼게."

―감사합니다, 하윤 언니. 그러면 조금 있다가 뵈어요.

딸각.

전화를 끊은 강하윤은 잠시 벽에 등을 기댔다가 다시 폴더를 펼치곤 꾹꾹 핸드폰 번호를 눌렀다.

"선배님, 강하윤입니다. 넵, 다름이 아니라 다른 참고인이 오기로 해서……. 예, 이제 막 도착했다고 해서 마중을 나갈 예정입니다. 그래서 SBY는 이대로 스케줄이 바빠 복귀하면 어떻겠냐고……. 네, 오늘 범인 검거에 도움을 주었던 아이돌 그룹 이름입니다. 네, 참고인 측 입장입니다. 전예은이라고, 선배님도 아시는……. 아, 지금 검사님과 함께 계신다고요? 네, 기다리겠습니다. ……예, 알겠습니다."

다시 전화를 끊은 강하윤은 후우, 한숨을 내쉬었다.

'다행이네.'

솔직히, 오늘 있었던 지유진 납치 미수 사건은 자신의 불찰이었기에 현장에 갈 때만 하더라도 시말서를 각오하고 있었다.

그러니 강하윤 입장에서도 SBY는 참고인이기 이전에 은인이나 다름없었던 것이다.

'또…… TV에서만 보던 사람이랑 이야기를 하는 건 긴장되기도 했고.'

그녀 스스로 SBY의 열성 팬을 자처하지는 않지만, 그들이 이번에 발매한 2집 앨범은 그녀의 메모리가 얼마 되지 않는 MP3에도 들어 있는 것이다.

강하윤은 닫힌 문을 힐끗 쳐다보았다.

'사인받아도 되나?'

MP3만 아니었던들 그들의 앨범도 가지고 다녔을 거란 생각을 떠올리니 지금만큼은 기술의 발전이 조금 아쉬웠다.

"분부하신 대로 SB……Y는 복귀할 수 있게끔 전달했습니다."

정진건의 보고에 검사실 책상 앞의 김보성이 고개를 끄덕였다.

"그렇군요. 다른 참고인은 곧 오시기로 했다죠?"

"예."

"혹시 어떤 분인지 아십니까? 만나 뵙기 전에 미리 알아두면 좋을 거 같아서요."

김보성의 말에 정진건은 전예은을 무어라 설명해야 할지 몰라 잠시 망설였다가 재깍 사무적으로 대답했다.

"전예은이라고, 이성진의 비서입니다."

"비서라……. 그렇군요. 어떻게 알게 된 사이입니까?"

"박강선이라고, 박상대의 사생아를 임시 보호할 때 알게 되었습니다. 당시 이성진에게 박강선을 맡아 준 보육 시설을 알선받을 때 얼굴을 본 적이 있습니다."

"……."

어쨌건, 역시 이번에도 이성진인가.

그러잖아도 김보성은 사실상 방금 전 있었던 일이나 다름없는 범인들의 현장 검거에 도움을 준 게 SBY였단 사실을 어떻게 해석해야 할지 황당해하던 차였다.

당시 보고를 들은 김보성은 설마 SBY는 국가 기밀 기관에서 비밀리에 양성한 첩보 요원들인가, 하고 어처구니없는 생각을 떠올렸다가 헛웃음을 터뜨리고 말 정도였다.

인기 아이돌 그룹이 '우연히' 대한민국을 떠들썩하게 만든 사건의 증인 가족을 납치하려던 건달들을 제압했다는 것부터가 이미 전례 없이 황당할 지경인데, 그 아이돌 그룹의 소속사 사장이 이번 일에 깊이 엮이다 못해 배후자는 아닐까 생각되는 이성진이라니.

'이쯤 하면 마치 짜고 친 것 같군.'

물론, 정황상 그럴 리는 없겠지만.

그만큼 지금 벌어지고 있는 일은 전화위복, 새옹지마 같은 말로는 설명되지 않는 현상이었다.

더욱이 마냥 호재라며 웃어넘길 사안도 아니었다.

'이 일로 불거질 언론 대응도 생각해야 할 거 같고…… 가능한 한 아무 일도 없던 것처럼 묻어 주면 좋겠는데.'

그건 김보성 혼자 결정할 문제가 아닌, 예의 담당자와 논의를 해 볼 일이었다.

김보성이 고개를 끄덕였다.

"흠, 알겠습니다. 그 외에 전예은 씨에 대해 제가 달리 알아 둬야 할 일이 있습니까?"

정진건은 생각하다가 대답했다.

"저도 얼굴만 본 사이여서 잘은 모릅니다. 저보다는 강하윤 형사가 개인적인 친분이 있어서……. 필요하다면 강하윤 형사를 불러 드립니까?"

김보성이 고개를 저었다.

"아닙니다. 괜히 시간을 허비하게 해 드릴 수는 없으니 강 형사님께는 당초 예정대로 안내를 부탁드리죠."

김보성이 말을 이었다.

"전예은 씨와 대질하는 건 제가 담당하겠습니다. 정 형사님께는 박 형사님을 도와 심영한의 취조를 부탁드리겠습니다."

"예."

사무실은 현재 무척 분주했다.

오늘 아침에 있었던 기습 기자회견으로 인해 여기저기서 전화벨 소리가 끊이질 않았고, 사무원들은 전화를 끊자마자 걸려 오는 전화를 받느라 진땀을 뺐다.

그중에는 김보성을 찾는 높으신 분의 전화도 분명, 있었다.

특히 검찰총장은 몇 통씩 전화를 걸어오며 김보성을 찾았지만, 사무원은 눈치껏 '부재중이십니다'를 입에 담았다.

이번 일로 좌천되는 것도 확정인 상황에 어차피 김보성은 끝장을 볼 생각이었고, 막나가기로 마음먹은 이상 은퇴가 머지않은 검찰총장의 압박쯤은 대수롭지 않게 생각했다.

그렇게 일이 겹치고 쌓여 무척 바쁜 와중이었지만 상황이 상황이다 보니, 전예은이란 인물과는 짬을 내 만나 볼 가치가 있으리라 여겼다.

'사실, 이성진 같은 애들 상대로는 사건 이야기를 진행하기가 조금 껄끄럽기도 하고.'

그러면서 그는 구속 중인 조세광을 취조했던 일을 떠올렸다.

어디서 배웠는지, 조세광은 변호사가 올 때까지 입을 열지 않으며 묵비권을 행사했고, 변호사는 조세광이 아직 미성년자임을 들먹이며 강행 수사 중단을 요구해 댔다.

'그러니 이런 건 어른끼리 이야기하는게 나아.'

김보성은 전예은조차도 아직 '애'라고 부를 만한 미성년자의 범주에 포함되어 있다고는 꿈에도 생각하지 못하고 생각을 이어 갔다.

'한편으로는 그나마 이성진이 상대가 아니어서 다행이군.'

김보성은 저번에 만나 본 이성진을 떠올리며 쓴웃음을 지었다.

새삼스러운 이야기지만, 이성진은 평범한 초등학생이 아니었다.

이성진과 대화를 하다가 느낀 거지만, 그 소년은 자신의 아들과 동갑내기라는 것이 믿기지 않을 정도로 품행이 음전했다.

그 모습은 그저 엄격한 가정교육만으로는 이루어지지 않는다고 김보성은 생각했다.

무작정 당사자를 마주하는 것보다는 주변 인물의 사정 청취를 듣고 일을 진행하는 것이 정석이다.

지금까지는 그럴 필요가 없었으나, 만일 이성진이 이번 일과 깊이 연루되어 있어서 수사를 해야만 한다면, 오늘 있을 만남은 그 귀중한 첫 단추를 꿰는 일이 되리라.

'개인적으론 그런 일이 없길 바라지만, 수사에 사심을 담아서는 안 되지.'

김보성은 쓴웃음을 지으며 고개를 저었다.

'자, 그러면 포트에 물부터 올릴까.'

그런 김보성도 전예은이 이성진 못지않게, 아니 어떤 의미에서는 더 까다로운 상대일 거란 건 생각하지 못했다.

오전만 하더라도 화창하던 하늘에 조금씩 먹구름이 끼기 시작했다.

'오후에 비가 내린다더니, 정말인가 보네.'

잠시 하늘을 올려다본 강하윤은 주차장으로 미끄러지듯

들어오는 고급 승용차를 발견하곤 발걸음을 옮겼다.

검정색 세단은 주차장 빈자리에 부드럽게 주차를 마쳤고, 전예은이 차에서 내렸다.

강하윤과 전예은은 멀리서 눈인사를 했다.

뒤이어 강하윤은 운전석에서 내리지 않는 강이찬에게 꾸벅 묵례를 하곤 자신에게 다가온 전예은과 반갑게 손을 맞잡았다.

"안녕, 예은아. 잘 지냈어?"

"네, 언니. 오랜만이에요. 그간 별고는 없으셨죠?"

평소처럼, 앳된 외모에 어울리지 않는 예스러운 인사를 받으며 강하윤은 쓴웃음을 지었다.

"있다면 잔뜩 있지만, 괜찮아."

"평소대로군요?"

전예은의 놀리는 말에 강하윤은 발걸음을 옮기며 볼을 긁적였다.

"으응, 그렇지 뭐."

"가만 보면 언니는 매일매일이 바쁜 거 같아요."

"에이, 그래도 너나 성진이 정도는 아닐 거라고 생각하는데?"

이성진이 언급되자 전예은은 그러려고 생각하지 않았음에도 불구하고, 몸이 움찔했다.

'윽, 사장님을 의식하고 말았어.'

얼굴색이 변하지 않으면 좋겠는데.

그 모습에 강하윤은 전예은의 속내도 모르고 싱글벙글 웃었다.

"왜, 찔리니?"

"조금요."

전예은이 어깨를 움츠렸다가 당당하게 폈다.

"그치만 저는 언니랑은 다르게 퇴근만큼은 정시에 하거든요?"

"……."

그건 조금 부럽네.

"밤새운 거, 티 나니?"

"네. 그도 그럴 게 언니 눈 밑이 거뭇거뭇한걸요."

"끙."

예은이는 안 그런 거 같은데 이따금 보면 예리하단 말이야.

괜히 얼굴을 의식해 만지작거리는 강하윤을 보며 전예은은 웃는 얼굴로 그녀의 팔짱을 꼈다.

"괜찮아요. 그래도 변함없이 예쁜데요."

"얘가 정말, 아부나 하고."

싫은 기색은 아니다.

"헤헤. 뭐, 어차피 멀리 갈 것도 없이, 저희 사장님만 하더라도 잔업에 야근이 일상이시긴 해요."

"하긴. 가끔 보면 걔는 초등학생 맞나 싶다니까."

사실, 전예은이 강하윤에게 이토록 살갑게 대하는 건 모두 계산된 행동이었다.

강하윤은 동성 간의 스킨십을 싫어하지 않았을 뿐만 아니라, '동생 같은 아이'를 연기하는 것이 강하윤의 취향이기 때문이기도 했다.

애당초 이 모든 일이 겉으로 보기엔 친한 언니 동생 사이의 별것 아닌 대화 같지만, 전예은은 강하윤을 떠보며 주변 돌아가는 상황을 파악하는 중이었다.

"그런데 다들 바쁘신 거 같아요."

주위를 두리번거리며 꺼낸 전예은의 말에 강하윤이 고개를 끄덕였다.

"응. 오늘 아침에 그런 일도 있었고……. 뉴스 봤니?"

"네. 라디오에서도 들었어요. 지금부터 만나 뵐 검사님께서 광역……수사대? 언니가 소속된 곳을 대표해 기자회견도 하셨더라고요."

전예은이 고개를 끄덕였다가 우물쭈물 말을 이었다.

"그런 와중에 저희 회사 사람들이 괜한 일을 더 만들어 드린 거 같아서 경찰 여러분께 면목이 없어요."

"아니야. 오히려 그 덕을 많이 보고 있는걸. 신경 쓰지 않아도 돼. 정말로."

전예은은 그 말속에서 강하윤의 답례가 빈말이 아닌 마음에서 우러나온 진심임을 꿰뚫어 보았다.

'흐음, 애당초 하윤 언니는 지유진 가족을 보호하는 임무를 맡고 있었구나. 그리고 깜빡 조느라 놓친 바람에 부랴부랴 지유진을 찾아다녔던 거고.'

강하윤을 직접 만나고 나니, 그녀가 현장에 그토록 빨리 도착할 수 있었던 이유도 납득이 갔다.

그뿐만이 아니라, 이번 일이 경찰 입장에서는 호재라는 점도.

'현장에서 검거한 용의자들은 현재 취조 중이고, 조세광이라는 사람은 여전히 묵비권을 행사 중…… 하윤 언니는 이번 일로 우리에게 감사를 표하고 있지만 지휘권을 가진 김보성 검사라는 분은 이번 일을 어떻게 평가하고 있는지 아직 가늠이 잘 안 돼.'

대강 상황 파악을 마친 전예은은 강하윤을 향해 우물쭈물 말을 붙였다.

"실은 경찰서가 처음이라 조금 긴장돼요."

"예은이 너도 참."

강하윤이 웃었다.

"다들 그러잖니, 민중의 지팡이라고. 죄지은 것도 아닌데 어려워할 필요 없어. 다들 좋은 분들이야."

최소한 강하윤은 진심으로 그렇게 생각하고 있었다.

'탐색은 이쯤하고.'

그 말을 받으며 전예은이 슬쩍 밑밥을 깔았다.

"그래도요…… 솔직히 말씀드리면 저도 지금이 어떤 상황인지 분간이 잘 안 가거든요. 어떻게 된 일인가요?"

조금 진지해진 전예은의 어조에 강하윤은 얼굴의 웃음기를 슬쩍 거둬들였다.

"……으음."

강하윤은 이번 일을 어떻게 설명해줘야 할지 고민했다.

사안 자체는 복잡하지 않았지만 막상 설명하려니 사건에 끼어든 우연적 요소, 그리고 기밀을 유지해야 한다는 입장 등이 겹쳐 민간 신분인 전예은에게 사안을 설명할 방도가 얼른 생각나지 않았다.

결국 강하윤은 고민 끝에 표면적인 사실만을 담담하게 밝혔다.

"사실, 지유진……. 아, 이것부터 설명해야겠구나. 지유진은 오늘 SBY가 구한 여자애 이름인데……."

강하윤은 전예은에게 지유진이 오늘 오전에 발표한 사건의 중요 참고인이며, 어쩌면 상대 측은 법정에서 나올 불리한 증언을 막기 위해 납치를 기획한 것 같다는 말을 전했다.

'대강 알겠어.'

생각과는 달리.

"어머나."

강하윤의 이야기를 들은 전예은은 그녀의 뒤를 따라 건물로 들어서면서 놀란 듯 눈을 동그랗게 떴다.

"그러면 그건 단순히…… 일반적인 납치가 아니었군요."

"얘는. 납치에 일반적이고 아니고가 어디 있니? 엄연히 말하면 다 범죄인걸."

"그건 그렇지만요. 아, SBY 오빠들은 어땠나요? 폐를 끼친 건 아니죠?"

강하윤은 어깨를 으쓱였다.

"아니야. 취조에 성실히 임해 줬는걸. 오히려……. 아니, 아무튼 문제될 건 없었어."

지유진은 강하윤이 말을 하려다 말고 삼킨 위화감의 한 조각을 잡아챘다.

'그런 일을 겪은 것치곤 대수롭지 않아 했다는 게 마음에 걸리는구나? 그나저나 역시 SBY 오빠들은 오늘 있었던 일을 정말로 몰래카메라라고 생각하는 모양이네.'

그 순진함에 실소가 나오려는 걸 참으며 전예은은 얼굴에 띤 미소를 살짝 거둬들였다.

"다행이네요. 그 오빠들도 조금 엉뚱한 구석이 있어서 이상한 말을 하지는 않았을까 걱정했거든요."

강하윤이 픽 웃었다.

"조금 그렇긴 하더라. 그래도 어느 정도는 TV에서 보던 모습이랑 비슷하긴 했어."

"우리 오빠들한테 실망한 건 아니죠?"

"그럴 리가. 오히려 사인도 받았는데?"

전예은이 고개를 갸웃했다.

"사인이요?"

"응. 다섯 명 전부."

강하윤의 말에 전예은이 입을 삐죽였다.

"그러면 저한테 말씀하시지 그랬어요. 하윤 언니 거라면 얼마든지 받아 줄 수 있는데."

강하윤이 웃으며 전예은의 볼을 살짝 꼬집었다.

"에이, 그래도 직접 얼굴을 보면서 사인받는 거랑 남한테 부탁해서 받는 건 또 다르지."

"……서운해요."

"뭐가?"

"저를 남으로 생각하셔서서요."

"응? 아, 아니, 그게 아니라, 나는 어디까지나……."

당황하는 강하윤에게 전예은이 배시시 웃었다.

"에이, 농담이에요. 저랑 언니 사이인데?"

"……너, 정말……. 에휴, 됐다. 말을 말자."

"그래도 별일 아니어서 다행이에요."

전예은이 웃는 얼굴로 말을 이었다.

"사실, 저도 오는 길에 천희수 실장님과 통화를 해서 알게 된 거지만, SBY 오빠들은 오늘 있었던 일도 게릴라 이벤트 주최 측에서 기획한 거라고 생각하고 있는 거 같고요."

"……게릴라 이벤트?"

강하윤이 떡밥을 물었다.

"네, 게릴라 이벤트요. 저희가 그때 마침 거기 있었던 건 우연이 아니거든요."

"······우연이 아니라니?"

"처음부터 착오가 있었어요. 이번 일도 그 때문에 생긴 일이고요."

강하윤은 전예은의 말을 듣고서 줄곧 생각하던 위화감의 일부가 해소됨을 느꼈다.

'아하, 그래서 SBY는······. 이걸 순진하다고 해야 하나. 그래도 안 다쳐서 다행이네.'

강하윤의 안색을 살핀 전예은이 미소 띤 얼굴로 말을 이었다.

"그래도 일이 좋게 풀려서 다행······ 아."

전예은은 순식간에 미소를 거두곤 심각한 얼굴로 강하윤을 보았다.

"어쩌죠, 언니?"

"왜 그러니?"

외마디를 뱉은 전예은이 불안해하는 눈으로 말을 이었다.

"그러면 오늘 있었던 일은 언론에 보도가 되면 안 되는 거잖아요?"

강하윤은 그 말에 고개를 끄덕였다.

"그렇지 않을까? 아무래도 아직 수사 중인 사안이고······."

뭐, 그야 SBY 입장에서는 이 공로가 보도되면 홍보가 될 일이긴 한데……. 입장은 알겠지만 조금 타산적이네.

강하윤의 생각을 읽은 전예은은 그녀의 언짢음을 종식시키고자 일부러 말을 더했다.

"어쩌지. 보도가 나가면 안 되는데……."

그 혼잣말에 강하윤은 전예은이 SBY의 홍보보다 경찰 입장을 우선시해 준다는 것을 깨닫곤 미세하게 찡그렸던 얼굴을 부드럽게 폈다.

"왠지 확정된 것처럼 말한다?"

"실은."

전예은이 아랫입술을 살짝 깨물었다.

"저희가 오늘 거기서 게릴라 이벤트를 준비 중이었다는 건 방금 말씀드렸죠?"

"……응."

"혹시 거기 가셨을 때, 거리에 평소보다 인파가 많다고 생각하지 않으셨어요?"

그러고 보니.

"그러면……."

강하윤의 중얼거림에 전예은이 진지한 얼굴로 고개를 끄덕였다.

"네. 사실 게릴라 이벤트라고 해서 정말 아무런 준비도 없이 갑작스럽게 열고 그런 건 아니거든요. 혹시 모를 사태에 대비해서 경호도 필요하고. 그래서 저희도 의도적으로 인터넷 팬 카페에 정보를 살짝 흘리기도 하는데……. 안 그래도 저희 팬들은 다른 가수 팬들에 비해 인터넷 이용이 활발하잖아요?"

"……."

전예은이 한숨을 내쉬었다.

"그래서 어쩌면 현장이 누군가의 카메라에 찍혔을지도 모르겠어요. 저는 그러지 않길 바라지만."

"……그랬구나."

강하윤이 진지한 얼굴로 말을 이었다.

"그래도 중간부턴 어딘가 이상하다고 생각했을 텐데. 그왜, 용의자 중에는 흉기를 꺼내 든 사람도 있었고."

"네. 저는 중간부터 눈치를 챘지만요."

전예은은 힐끗, 창문 바깥으로 주차된 차를 돌아보았다.

"정확히 말씀드리자면 운전기사인 이찬 오빠, 아니 강이찬 씨가 먼저 눈치를 채고 움직이셨어요."

강이찬이 먼저 움직였다는 건 거짓말이지만.

"……강이찬 씨가?"

강하윤이 그걸 알아낼 일도, 방도도 없다.

"네. 사실 강이찬 씨는 특수부대 출신이거든요. 저보다 먼저 오신 분이어서 어디서 들은 것뿐이지만 사장님께서 특별히 신경 써서 고용하셨다고 들었어요."

강하윤도 강이찬과 대화를 많이 나눠 본 건 아니지만 그를 오다 가다 하며 본 바 왠지 평소에도 풍기는 기도가 심상치 않더라니, 그래서였구나 하며 생각했다.

'하긴, 성진이처럼 대한민국에서 내로라하는 재벌 3세 도련님이 아무런 경호 대비도 없이 움직이진 않겠지.'

강하윤은 그제야 이 모든 일에 조금 납득이 갔다.

"그러면 혹시, 심영한을 제압한 것도?"

"심영한이요?"

"아, 미안. 설명을 못 했네. 이번 사건에 흉기를 들고 있었던 사람이야."

"말씀을 들으니 누군지 알겠네요. 네, 그분은 강이찬 씨가 제압을 하셨어요. ……혹시 이찬 오빠도 취조를 받아야 하나요?"

강하윤은 잠시 생각하다가 고개를 저었다.

"아니. 그건…… 정확히 말하면 내가 결정할 사안은 아니야. 그래도 일단은 알겠어."

"……네."

"자세한 건 검사님께 말씀드리자."

주차장에서 여기까지 두런두런 대화를 나누는 사이 두 사람은 어느새 김보성의 사무실 앞에 도착했다.

똑똑.

강하윤은 문을 두드린 뒤, 허락을 기다리지 않고 문을 열었다.

지금은 무척 바쁜 때여서 새삼 그녀를 맞이해 줄 겨를도 없다는 걸 강하윤도 알고 있었던 것이다.

문을 열자마자 전화벨 소리가 요란하게 들렸다.

강하윤은 직선거리의 뻥 뚫린 문—어젯밤 부서졌다고 들었다—으로 보이는 김보성을 향해 경례를 했고, 김보성은 고개를 끄덕이는 것으로 인사를 받으며 자리에서 일어섰다.

"오셨습……니까."

김보성은 강하윤과 대동한 전예은을 보면서 잠시 말을 잊었다.

'……애잖아? 비서라면서?'

이성진은커녕, 그보다 연하인 자신의 딸과도 그리 나이 차가 나 보이질 않는다.

'미성년자 특혜 채용이라도 하나? 아니, 그럴 리는 없지.'

전예은은 김보성의 그런 다소 무례한 생각을 읽었지만 익숙한 반응이어서, 내색하지 않고 명함을 꺼내 정중하게 인사를 했다.

"처음 뵙겠습니다. SJ컴퍼니 사장 비서인 전예은이라고 합니다."

"……김보성 검사입니다."

당황한 속내를 드러내지 않고 자연스럽게 명함 인사를 받은 김보성이 강하윤을 보았다.

"강 형사님, 수고하셨습니다."

"아닙니다. 그러면 이만 물러가 보겠습니다."

경례를 마친 강하윤은 긴장하지 말라는 의미에서 전예은의 어깨를 가볍게 툭 건드려 준 뒤 사무실을 나섰다.

그러는 사이 전예은은 내심 흥미진진해하며 김보성을 관찰했다.

'아하, 이분이 그 김보성 검사님…….'

전예은의 눈으로 보기에도 범상한 인물이 아니었다.

'원리원칙주의자이나 수단에 융통성이 있고, 정의감이 투철한 편.. 출세욕은 거의 없으며 이미 좌천이 예정되어 있다는 걸 자각하고 있음……. 흐음.'

더군다나.

'또, 이번 일로 사장님이 배후에 있지는 않은지 의심하고 있어.'

하물며 그 의심도 꽤나 뿌리가 깊다.

예상은 하고 있었지만, 막상 마주하고 보니 생각 이상으로 만만치 않겠다고 생각했다.

'뭐, 일부러 앳되게 보여야 하는 애교가 필요 없다는 건 마음에 들지만.'

다음 권으로 이어집니다

꿈의 도약, 로크에서 하십시오
(주)로크미디어에서 신인 작가를 모십니다

즐거운 세상, 로크미디어는 꿈을 사랑하고 도전을 두려워하지 않는 작가 분들의 참신한 작품을 기다리고 있습니다. 21세기 장르 문학계를 이끌어 갈 차세대 선두 주자 (주)로크미디어에서 여러분의 나래를 활짝 펴 보시길 바랍니다.

모집 분야 판타지와 무협을 포함한 장르 문학
모집 대상 아마추어 작가, 인터넷 작가
모집 기한 수시 모집
작품 접수 시 유의 사항
1. 파일명은 작가명_작품명.hwp형식을 갖춰 주십시오.
1. 파일에 들어갈 내용은 다음과 같습니다.
   - 성명(필명인 경우 실명을 밝혀 주세요), 연락처, 이메일 주소.
   - 제목, 기획 의도.
   - A4 용지 1장 분량의 등장인물 소개.
   - A4 용지 2장 분량의 전체 줄거리.
   - 본문.
1. 작품이 인터넷에 연재되고 있다면, 게시판명과 사이트의 구체적이고 정확한 주소를 기재해 주십시오.

선택된 작품은 정식 계약 후 출판물로 간행되어 전국 서점에 유통됩니다.
작가분은 (주)로크미디어의 전폭적인 지원하에 전속 작가로 활동하시게 됩니다.
※ 자세한 내용은 로크미디어 홈페이지(rokmedia.com)를 참조하세요.

(03920) 서울시 마포구 성암로 330 DMC첨단산업센터 3층 318호
(주)로크미디어 편집부 신간 기획 담당자 앞
전화 : 02 - 3273 - 5135
www.rokmedia.com   이메일 : rokmedia@empas.com

만렙닥터

13월생 현대 판타지 장편소설

리턴즈

인생 2회 차 경력직 신입
칼솜씨도, 인성도 '만렙'인 의사가 돌아왔다!

만성 인력난에 시달리는 흉부외과에 들어온 인턴
메스도 잡아 본 적 없는 주제에
죽을 생명을 여럿 살려 내기 시작한다?

"이 새끼, 꼴통 맞네."
"죄송합니다."
"잘했어!"
"네?"

출세만을 좇으며 살았던 전생
이렇게 된 이상 인생도 재수술 한번 가자!

무대뽀(?) 정신으로 무장한 회귀 의사
이제부터 모든 상황은 내가 집도한다!

南魔帝 남궁마제

문운도 신무협 장편소설

**회귀한 뇌왕, 가족을 지키기 위해
정파의 중심에서 제대로 흑화하다!**

세상을 뒤집으려는 귀천성에 맞서 싸우다
가족을 모두 잃고 제물로 바쳐진 뇌왕 남궁진화
마지막 순간 원수의 뒤통수를 치고 죽으려 했으나
제물을 바치는 진법이 뒤틀리며 과거로 회귀하다!?

남궁세가의 양자가 된 어린 시절로 돌아온 후
귀천성이 노리는 자신의 체질을 연구하다 기연을 얻고
회귀 전과 다른 엄청난 미모와 함께
뇌전의 비밀마저 알아내 경지를 뛰어넘는데……

가족들에게는 꽃처럼 사랑스러운 막내지만
적이라면 일단 패고 보는 패악질의 끝판왕!
귀천성 패려잡기에 나서다!